Späte Heimkehr

Heidi Bansi

Späte Heimkehr

Chronik einer Kriegsgefangenschaft

1945 – 1955

Bibliografische Information der Deutschen Bibliothek:
Die Deutsche Bibliothek verzeichnet diese Publikation in der Deutschen
Nationalbibliografie; detaillierte Daten sind im Internet über
<http://dnb.ddb.de> abrufbar.

© 2005 Heidi Bansi
Herstellung und Verlag: Books on Demand GmbH, Norderstedt
ISBN 3-8334-3563-1

Wieweit doch Füße laufen können, müssen…
Wieweit doch Schienen rollen können, müssen…

Kriegsgefangen in Lettland (Mai 45), verurteilt zu 25 Jahren Arbeitslager in Sibirien (Dezember 49). Oktober 1955 im politischen Tauwetter endlich heimgekehrt – welch eindrucksvoller, welch nachhaltiger Lebensabschnitt für unseren Vater, für unsere Familie!

Nach dem Tode unserer Mutter 2001 haben wir im Nachlass eine verstaubte, jedoch nicht vergessene Kiste mit weitgehend erhaltener Originalpost auf sog. Rote-Kreuz-Doppelkarten zwischen Vater und Familie – von Vater gesammelt und mit heimgebracht als stete Erinnerung für uns alle, durchgestöbert und aufgearbeitet. Herausgekommen ist eine nahezu lückenlose Zeitgeschichte dieser zehn Nachkriegsjahre in einer weit entfernten, anderen Welt.

Für uns alle, Heidi.

Leipzig 1943

Es war seltsam, als ich meinen Vater das erste Mal sah.

Ich wusste ja, es war mein Papa. Ich hatte, solange ich mich erinnern konnte, jeden Abend vor dem Schlafengehen gebetet: „Bitte, lieber Gott, lass meinen Papa bald nach Hause kommen."

Jetzt war er da, und er war mir ganz, ganz fremd.

Ich saß neben ihm im Auto, das uns zum Soester Rathausplatz bringen sollte, wo viele Soester Bürger den Heimkehrer begrüßen wollten. Ich sah ihn ein klein wenig ängstlich an, und er lächelte; er war blass und angespannt, aber seine Augen lächelten.

Es war der 15. Oktober 1955. Als einer der letzten Heimkehrer war mein Vater aus russischer Kriegsgefangenschaft endlich zu Hause angekommen.

Nach all den vielen, unvorstellbaren Grausamkeiten, die Naziherrschaft und Weltkrieg den Menschen gebracht hatten, war nun, nach über 10 Jahren, auch für die sogenannten Spätheimkehrer der Krieg endlich zu Ende.

Sie kamen in ein schon wieder erblühtes Deutschland zurück.

Wie erstaunt mussten sie gewesen sein.

Aus der Erinnerung meiner damals fünf Jahre alten Schwester Gisela, der ältesten von uns vier Geschwistern:

Wir lebten 1944 in dem kleine Garnisonsort Glau bei Berlin, ehemals Bergarbeitersiedlung, wo mein Papa als Mathematiker an der Schule für Ballistik lehrte. Wir wohnten im Haus eines älteren Bergarbeiterehepaares. Als Kinder merkten wir damals nicht viel vom Krieg, abgesehen davon, dass mich im Vorgarten einmal ein älterer Junge mit Steinen bewarf und mich als Nazischwein beschimpfte. Bei Alarm brachte Papa uns mit seinem Motorrad nacheinander in den Tiefbunker, wo wir weder Flugzeuge noch Bomben hören konnten. Wir fanden das damals abenteuerlich.

Dann kam der Tag im Januar 1945, an dem Mama nicht aufhörte zu weinen. Mir, als ältestem Kind erklärte sie, dass Papa den Einzugsbefehl erhalten habe und an die Front müsse. Ich wusste schon, was dies bedeutete. Mein Onkel, Papas Bruder Heinz, war an der Front gefallen.

„Mama, wir verstecken den Papa im Kleiderschrank!" Mama muss sehr verzweifelt gewesen sein, als sie sagte: „Ach, da finden sie ihn doch sofort, und dann stellen sie ihn an die Wand und erschießen ihn."

Am nächsten Morgen brachten wir unseren Papa zum Bahnhof.

Der letzte Brief aus Karelien, 05.02.1945.

Kurz danach (im Mai 1945) geriet mein Vater mit seiner Batterie in russische Gefangenschaft.

Meine Liebe!

Es geht zwar immer noch keine Post, – wir haben seit 14 Tagen keine, – aber ich will doch wenigstens ein Lebenszeichen von mir geben, für den Fall, daß doch einmal ein Schub weggeht.

Mir geht es gut, obwohl vor einigen Tagen ekelhaftes Tauwetter war, und sich viele erkältet haben. Jetzt friert es wieder, aber mäßig. Die Straßen sind gefährlich vereist. Mir ist es mit einiger Mühe gelungen, ein Pferd zu besorgen. Nachdem wir uns einen Schlitten und Geschirr zusammengebastelt hatten, bin ich gestern zum ersten Mal losgezogen. Ich hätte besser laufen sollen! Auf dem Hinweg ging es noch einigermaßen. Einen Teil des Weges bin ich schon nebenher gegangen, weil mir das kleine magere Tierchen leid tat. Den Rückweg habe ich dann ganz zu Fuß zurückgelegt. Als es dunkel wurde, mußte ich den Gaul auch noch führen. Einmal ist er mir hingefallen. Als wir endlich ankamen, waren wir beide in Schweiß gebadet.

Heute jedenfalls fahre ich, trotz Spritmangel, mit dem Schwimmwagen. Wie sieht es denn bei Euch aus? Es ist wohl alles nicht so einfach.

Hier ist die Haltung ganz ausgezeichnet. Ich lasse mir alle paar Tage einen Teil der Messstellen hereinkommen und bespreche dann mit meinen Leuten die Lage.

An unserer Batterie ist doch viel gesündigt worden, nicht nur durch personelle Fehler; das Material ist auch durchschnittlich sehr schlecht.

Wie steht es mit Deinen Kohlen? Was machen die Kinder? Haben sie ihren Keuchhusten überstanden? Hat Gisela ihn auch noch gekriegt?

Herzliche Grüße, Dein Willy.

Ungefähr zur gleichen Zeit, im Februar 45, gelang es meiner Mutter mit uns Kindern (Gisela 5 Jahre, Jürgen 3 Jahre, Heinz 2 Jahre, Heidi 1 Jahr), in Begleitung eines sehr jungen »Pflichtjahrmädchens«, mit viel Mühen aus Berlin nach Soest zu kommen, der Heimatstadt unseres Vaters.

Aus der Erinnerung meiner Schwester Gisela:

Im Februar 1945 bekam Mama vom Garnisonskommandanten die Aufforderung, Glau sofort in Richtung

Westen zu verlassen. Mama weigerte sich zunächst, weil meine drei Geschwister Keuchhusten hatten, mit hohem Fieber. Trotzdem fuhren wir am nächsten Morgen in Begleitung eines jungen Soldaten nach Berlin, wo wir bei Bekannten übernachten sollten. Dort erlebten wir in einem großen Keller den schlimmsten Luftangriff auf Berlin. Die Menschen beteten und hielten sich als Schutz vor dem Staub, der von der Decke rieselte, Tücher vor das Gesicht. Nach der Entwarnung erkundete der junge Soldat die Lage und berichtete, dass dieses Haus, in dem wir uns befanden, das einzige in der Straße sei, das noch stand; und alle Berliner Bahnhöfe seien zerstört, bis auf den Kleinbahnhof in Richtung Glau, wo wir herkamen. Also fuhren wir zurück. Das alte Ehepaar, bei dem wir in Glau wohnten, gab uns heiße Milch und Essen. »Bleiben Sie nur hier, Frau Rohlfing, der Russe kommt nur bis Küstrin, das hat uns der Prophet gesagt.« Sie gehörten der Weißenbergsekte an.

Am nächsten Morgen rief der Garnisonskommandant wieder an und teilte Mama mit, dass sie sofort mit uns in Begleitung eines Pflichtjahrmädchens mit anderen Frauen und Kindern in einem bereitgestellten LKW nach Halle aufbrechen müsse. Die Russen würden Frauen und Kinder ermorden.

Meine Geschwister hatten noch immer Fieber, und Mama weigerte sich. Da sagte der Kommandant, wie zu einem Soldaten: »Das ist ein Befehl!«

Also packten wir nur kleines Gepäck ein und kletterten mit den anderen Frauen und Kindern in den LKW. Mama musste sich immer wieder aus der Plane herauslehnen und sich übergeben.

Der Bahnhof von Halle war schwarz von Menschen, Mama sagte: »Hier kommen wir nie weg.« Plötzlich war mein Bruder Heinz in der Menge verschwunden. Mama machte sich in Panik auf die Suche. Zum Glück hatte ein Mann den Kleinen an der Sperre entdeckt. Das Pflichtjahrmädchen war keine große Hilfe, mit ihren 15 Jahren war sie ja selbst noch ein Kind. Sie weinte immerzu und wollte nur nach Hause. Irgendwie erreichten wir den Bahnsteig. Ein Zug, der mir riesengroß erschien, fuhr ein. Wir befanden uns in der Mitte zwischen zwei Eingängen. Ein Fenster wurde geöffnet, und Leute aus Schlesien hoben uns Kinder mit Hilfe von Außenstehenden in das Abteil. Es war merkwürdigerweise fast leer. Mama wollte nicht durch das Fenster steigen und reihte sich in die Warteschlange vor einem Eingang ein. Der Zug fuhr an. Der Gang vor dem Abteil war gedrängt voll Menschen. Ich begann zu schreien, weil ich solche Angst hatte, dass wir Mama verloren hatten, ich dachte, jetzt muss ich allein für meine Geschwister sorgen. Die netten Schlesier versuchten uns zu beruhigen, und dann, nach einer mir endlos erscheinenden Zeit, war meine Mama wieder da; dies war eines der glücklichsten Augenblicke meines Lebens, so empfand ich das damals. Wir waren dann etwa zwei Tage unterwegs, Ich habe wenige Erinnerungen an diese Fahrt, ich war zu müde. Aber an den Viadukt in Altenbeken kann ich mich erinnern. Der Zug hielt an und wir sollten alle aussteigen, da der Viadukt zerstört sei. Wir sollten zu Fuß durch das Tal laufen. Meine Mutter sagte: »Wir bleiben einfach hier stehen, wir schaffen das unmöglich.« Nach einiger Zeit ertönte eine Lautsprecheransage, der Viadukt sei notdürftig repariert, und wir könnten wieder einsteigen. Irgendwann kamen wir im Bahnhof in Soest an. Wir wurden von Rotekreuzschwestern mit Milch versorgt. Tante Lotte und Onkel Ludvig holten uns mit dem Bollerwagen ab und brachten uns über Trümmerberge in das Haus unserer Großeltern in der Rosenstraße. Es war der 11.02.1945.

Dort erlebten wir das Ende des Krieges. Unsere Mutter wusste nicht, ob ihr Mann noch lebte. Sie hatte lange Zeit keinerlei Nachrichten erhalten.

Soest 1945

Leipzig, den 29.10.1945

Liebe Frau Rohlfing,
Ihren Brief habe ich erhalten, ebenso seinerzeit die Karte

Ihrer Schwägerin Lotte. Letztere habe ich auch beantwortet, aber anscheinend haben Sie die Antwort noch nicht bekommen.

Ich war so froh, als ich hörte, daß Sie mit den Kindern noch nach Soest gekommen sind! Ich hatte mir doch schon große Sorgen gemacht! Hoffentlich kriegen Sie nun doch bald wenigstens ein Lebenszeichen von Ihrem Mann!

Noch besteht unsere Firma und ich bin infolgedessen auch noch hier.

Es wird aber wohl nur noch eine Frage von Wochen oder Tagen sein. Was dann wird, weiß ich noch nicht. Evtl. gehe ich dann auf Ihren Vorschlag ein und komme zu Ihnen, wundern Sie sich über nichts!…

Nun Ihnen und der ganzen Familie Rohlfing viele herzliche Grüße, und wenn auch noch nicht so bald Aufwiedersehen so doch bald ein Aufwiederhören!

Herzlichst Ihre Ilse Turley.*

*(Mathematikerin, Kollegin und Freundin aus Leipziger Zeit, als mein Vater noch als Versicherungsmathematiker in der Lebensversicherung »Leipziger Barmenia« arbeitete, bis ungefähr 1941)

Moskau, Kriegsgefangenenlager 270, 03.12.1945
Meine liebe Heti!

Mir geht es gut. Ich hoffe, bald wieder bei Euch zu sein. Wenn ich nur erst Nachrichten von Euch hätte, ob Ihr noch alle lebt!

Grüße bitte alle meine Lieben, besonders die Kinder. Für Heidi einen besonderen Geburtstagsgruß.

Herzlichst Dein Willy

Du musst lateinisch schreiben!

Pausen, den 22.04.46

Liebe Frau Rohlfing!

Heute will ich nun mal den Versuch machen, ob meine Post Sie erreicht. Wie geht es Ihnen, und was machen die Kinder? Ich habe oft an Sie gedacht, wie haben Sie das Frühjahr 1945 überstanden? Ich hörte, sie seien in Soest auch ausgebombt. Ich bin seit März 45 hier in Pausen untergekommen, und im April wurde meine kleine Monika geboren. Inzwischen ist sie nun schon ein Jahr, ein lieber kleiner Wildfang, der mir viel Freude macht. Ich weiß nicht, ob Sie mit jemandem aus Glau in Verbindung stehen und über das Schicksal meines Mannes gehört haben? Er wurde am 22.04.45 durch Kopfschuss schwer verwundet, und es ist seitdem nichts mehr von ihm zu erfahren. Nun soll sich dort ein Massengrab von 150 Mann befinden und ich befürchte so sehr, er ist dabei. Ich freue mich für Sie, dass sich Ihr Mann gemeldet hat, und hoffentlich kommt er bald. Frau Büttner* schrieb mir, auch ihr Mann hat sich gemeldet.

Ich würde mich freuen, von Ihnen wieder etwas zu hören. Es grüßt Sie und die Kinder recht herzlich, Ihre Annemarie Landrock* und Klein Monika.

*Bekannte aus Glau.

Moskau, Postfach: 270/7, 09.05.1946

Meine liebe Hedwig!

Das war die größte Freude seit der Kapitulation, als bei der vierten Postverteilung am 28.04. Deine Karte kam. Nun, wo ich weiß, daß Ihr alle am Leben und gesund seid, sehe ich dem Ende der Gefangenschaft mit Ruhe entgegen. Den Winter haben wir gut überstanden. Ich bin vollkommen gesund. Du wirst Dir nach der ersten Nachricht vielleicht schon wieder Sorge gemacht haben. Hoffentlich erreicht Dich diese Karte schneller. Manche Kameraden haben schon häufiger Post erhalten. Geht Gisela zur Schule? Wie geht es Opa?

Ist W. Stremme wiederhergestellt? Was macht mein neuer Schwager Ludvig? Herzlichen Glückwunsch zur Hochzeit an ihn und Lotte. Läuft der Betrieb? Grüß alle meine Lieben und meine vier Trabanten, sie sollen ihren Papa nicht vergessen! In treuer Liebe, Dein Willy.

Rotes Kreuz, Moskau. Postfach: 270/6, 04.07.46
Meine liebe Heti,

Leider ist seit Deiner ersten Karte, die am 28.04.46 ankam, keine Post mehr von Dir gekommen. Aber die anderen Kameraden aus der Gegend haben auch wenig erhalten. Außerdem kann mich, seit ich weiß, daß Ihr alle noch am Leben seid, nichts mehr aus der Ruhe bringen. Weder gute noch schlechte Parolen. Ich bin gesund, Langeweile habe ich nicht, und den Mut lasse ich nicht sinken. Also werde ich diese Zeit schon gut überstehen, ein »Holzwurm« frißt sich schon durch! Für eure Fotographien habe ich mir einen Familienrahmen gemacht, nur von Heidi habe ich leider kein Bild.

Grüße alle Lieben, besonders meine vier Trabanten. Herzlichst Dein Willy

Moskau, Postfach: 270/7, 29.08.46
Meine liebe Heti,

Am 06.08. kam endlich Deine zweite Karte. Wir wissen es jetzt, daß, wenigstens aus der Gegend, nur Rotekreuz-

Doppelkarten kommen. Wir können also ungefähr ausrechnen, wann wir mit Post rechnen können. Von mir kann ich nichts Neues berichten. Ich bin gesund und guten Mutes. Wir unterhalten uns natürlich viel über zu Hause und unsere Heimkehr und versuchen uns ein Bild über die Zustände bei Euch zu machen. Aber wir wissen natürlich nichts Genaues. So ganz verloren ist die Zeit hier nicht für mich. Ich habe schon viel gelernt. In Vielem werde ich allerdings wohl wieder umlernen müssen. Hat Gisela schon ein Zeugnis bekommen? Sie kann mir sicher bald selbst einen Gruß schreiben. Ist Frau Eckardt* noch bei Dir? Hast Du einmal etwas von Ilse Turley gehört? Ob Ihr diesen Winter genug zu essen haben werdet? Wie sieht es mit Bekleidung aus? Kriegt Vater genug Holz usw. für den Betrieb? Sind die alten Leute zurückgekehrt? Wenn es gerade paßt, herzliche Glückwünsche zu Lottes Geburtstag. Was macht Leni und Familie? Grüß alle herzlich, besonders die Kinder und Mutter.

Dein Willy

*Mutter Eckardt und Tochter Ruth leben seit Kriegsende als ausgebombte Familie mit im großelterlichen Haus in der Rosenstraße.

Moskau, Postfach. 270/7, Oktober 46

Meine Liebe!

Deine Karten vom 21.01. und 06.08. erhalten. Bin gesund. Kannst Du ein Bildchen von Heidi aufkleben? Kannst Du Geld abheben? Richter, Neuman usw. zu Hause?

Seit wann geht Gisela zur Schule? Grüß alle, Willy.

Liebe Frau Rohlfing,

haben Sie vielen Dank für Ihre Post! Doch die ganzen Umstände hier haben mich in letzter Zeit nicht zum Schreiben kommen lassen. Krankheiten in der Familie, die fürchterliche Brot-und Nahrungsmittelknappheit hier in Bremen. Zu allem Überfluss hat mein Sohn Bernd auch keine Schuhe, und ich habe schon halbe Nächte vor der Bezugsscheinstelle zugebracht. In jeglicher Beziehung vergeblich, denn es ist mir nicht gelungen, seit wir hier sind, auch nur ein Stück für das Kind zu erhalten. Aber das Aufreibendste ist natürlich das Warten auf eine Nachricht meines Mannes. Seit der Karte damals vom 10.01.46, habe ich kein Lebenszeichen von ihm erhalten. Ich beneide Sie natürlich! Ist dieser heimgekehrte S. für Sie irgendwie erreichbar? Bitte fragen Sie ihn dann doch einmal speziell nach meinem Mann und nach den Schreibmöglichkeiten der Männer dort. Sie können sich vorstellen, daß ich von schwärzesten Gedanken und Vorstellungen verfolgt werde. Neulich war ein Frau St. aus Hamburg bei mir. Der Mann war auch in der Einheit, und sie erzählte mir, daß Sie in Glau und bei Ihnen gewesen wäre. St. hat bisher zwei Karten geschrieben. Sie brachte mir die 2. Karte mit, weil er darauf meinen Mann so nett erwähnte; sie sind aber nicht im gleichen Lager. Denken Sie, der St. hat drei Briefe und eine Karte von seiner Frau erhalten!! An sich kannte ich Frau St. gar nicht, sie erfuhr nur meine Adresse durch eine Bremerin, deren Mann auch in Glau war. Wo hält sich Frau Neumann auf, und haben Sie etwas von Herrn Brodersen gehört? Von Frau Lohff hörte ich auch nichts. Wie geht es Herrn Dallhammer? Die sind jetzt wohl alle ins Zivilinternierungslager gebracht worden. Wann wohl die ersten entlassen werden?

Aus Russland kommen auch nur Kranke zurück, nicht wahr?

Frau Landrock hat noch von nirgends den Tod ihres Mannes bestätigt bekommen. Sie stehen ja auch mit ihr im Briefwechsel. Schrieb ich Ihnen eigentlich, daß Ostwaldt noch zuletzt gefallen sein soll? Frau O. soll noch offiziellen Bescheid erhalten haben und jetzt in Flensburg sein. Ich würde so gern einmal zu Ihnen kommen, aber vermutlich ist es dort auch eine Katastrophe, die notwendigsten Lebensmittel zu bekommen.

Hier ist es entsetzlich kalt, Feuerung haben wir nicht, daher muß ich Schluß machen.

Seien Sie glücklich über das häufige Schreiben Ihres Mannes,

viele Grüße von Ihrer Helena Büttner. *(s.o.)*

25.11.46, Brief von Günter an seine Schwester.

Liebe Hedwig,

Wie Du wohl von Irmgard gehört hast, bin ich seit einigen Monaten in Diez-Ost/ Lahn im Internierungslager. Mir geht es, abgesehen von dauernden Kopfschmerzen durch die Kriegsverletzung, noch gut. Wie geht es Euch? Hat Willy auch mal geschrieben? Irmgard hat mich vor einigen Tagen besucht; sie hatte wegen verschiedener Sachen Sprecherlaubnis bekommen. Sie sagte mir, daß Du geschrieben hättest, ich solle Euch mal besuchen; das hätte ich jetzt im Winter gut machen können und Dir Willys Sachen bringen können. Vielleicht werde ich ja auch schon im Laufe des Winters entlassen, dann kann ich das noch nachholen. Bestell an Lotte und deine Schwiegereltern schöne Grüße und sei Du und die Kinder herzlich gegrüßt

Dein Günter

Moskau, Rotes Kreuz, Postfach: 270/7, 29.11.46

Meine Liebe!

Am 12.11. kamen aus Naumburg Mutters Brief vom 05.08. und Deiner vom 27.08. Große Freude! Gestern Deine Karte vom 17.10.

Was ist mit Willy M.? Wo sind W. Stremme, Dr. Neumann, J. Richter?

Grüß alle, herzlichst Dein Willy

Moskau, Postfach: 270/7, Dezember 46

Liebe Gisela,

Herzliche Glückwünsche zum Geburtstag. Feiert auch fröhlich Weihnachten. Nächstes Jahr bin ich sicher wieder dabei.

Hast Du schon ein Zeugnis? Die Antwort lass Mama schreiben. Ich bin gesund!

Grüß alle Lieben, Dein Papa.

Ende 46. Brief von Gisela und Mama an Onkel Willi in Eckweiler bei Sobernheim.

Lieber Onkel Willi,

ich schreibe dir ein brif ich bin schon in der Schule ich kan dir auch ein brif schreiben der Jürgen und der Heinz die sind immer so ungezogen der Heinz der ißt immer so viel die Heidi ist immer so Lib. Haste auch noch das kretchen* im Schtal und die Wutz* und die kleinen Ketzchen untern ofen und haste auch noch so wenich hare aufen Kopf. Wir haben nur ein Kolli das ist ein knoßen Hund Heinz und Heidi haben immer fon Kolli angst ich habe fom Weihnacht Mann drei Puppen un einne Wige und ein kleiderschrank und der Jürgen hat einen Schliten und hat ein tollen Wagen un die Heidi hat einne Puppe und ein Polower und ich habe auch ein Polower und der Heinz hat ein kegelschbil und ein Buch und Domino, dann haben Wir alle ein knoßen Teller Pletzchen und Schokelade und Äpfel und Nüsse und klümchen, kruß deine Gisela. – *die Kuh, * das Schwein

Lieber Onkel Willi,

Gisela wollte von mir wissen, wem sie schreiben sollte, da habe ich ihr den Rat gegeben, Dir zu schreiben. Dieses ist der Erfolg, ich habe lediglich die Linien gemacht. Jürgen hat ihr beim Diktat geholfen. Gisela und Jürgen erinnern sich noch an alles in Eckweiler *(bis Anfang 1944 war die Familie in Eckweiler, Heidi ist dort geboren),* Heinz sagt zwar auch, ja, ich kenne den Onkel Willi noch, aber ich glaube das nicht. Zwischen Jürgen und Heinz ist überhaupt ein großer Unterschied. Der Jürgen ist arg vernünftig und gewitzt, er rechnet genau das, was Gisela auch rechnet. Heinz ist viel kindlicher, eigentlich mehr noch als Heidi. Er schmust gerne, will auch auf den Schoß genommen werden, »ist so ein lieber Dicker.« Sie haben jetzt alle die Masern gut überstanden. Von Willy habe ich vorige Woche die 7. Nachricht erhalten, er schreibt immer ganz gut, endlich auch, daß er die ersten Briefe von uns erhalten hat. Die haben wir in die russische Zone geschickt, von da werden sie befördert; sonst bekam er ja von mir nur die Rote Kreuz-Antwortkarte. Er hofft, dieses Jahr noch nach Hause zu kommen. Wenn ich das nur wüßte! Auf alle Fälle komme ich im Laufe des Sommers aber noch zu Dir und hole seine Sachen, es ist so ziemlich das Einzige, was er noch hat. Unterwäsche usw. haben wir schon wieder ganz schön zusammen bekommen. Uns geht es sonst gut, hungern und frieren müssen wir nicht, und mehr kann man heute ja nicht verlangen. Wenn Günter wieder da ist, schreibt mir aber gleich, Grüße an Irmgard und die Kinder, besonders an Dich, von uns Fünfen, Deine Hedwig.

Moskau, Postfach, 30.12.46

Liebe Heti!

Weihnachten mit Tannenbaum und gutem Essen überstanden.

Vom neuen Jahr erhoffen wir Alles!

Am 11.12. Deine Karte vom 05.11., Mutters Brief vom 29.09., sowie Liesels* Brief vom 04.11 aus Berlin erhalten. Große Freude!

Grüß alle herzlichst, Dein Willy.

* *Witwe von Vaters gefallenem Bruder Heinz.*

Sobernheim, den 21.02.47

Sehr geehrte Frau Rohlfing,

Von Juli 45 bis Juni 46 war ich mit Ihrem Gatten zusammen in russischer Gefangenschaft. Ich kam dann in ein Erholungslager und bin nun vor drei Tagen völlig unterernährt in der Heimat gelandet. Gerne erfülle ich die Bitte Ihres Gatten, Ihnen sofort die besten Grüße zu übermitteln! Wir arbeiteten zusammen in einer Papierfabrik in Parachine, das liegt ungefähr in der Mitte der Bahnlinie Leningrad-Moskau. Ihr Gatte war als Tischler in der sog. »Bastelstube« tätig, wo er für die Russen allerhand Möbel usw. anfertigen mußte. Gesundheitlich ging es ihm bis dato gut, auch habe ich später noch gehört, daß er weiter der Arbeit nachgeht und nicht krank geworden ist. Seelisch und moralisch stehen alle nachwievor auf der Höhe, Ihr Gatte ist uns in vielen Stunden Vorbild gewesen. Wir wollen hoffen, daß er bald auch einer der glücklichen Heimkehrer wird!

Ich freue mich, Ihnen einige Zeilen senden zu können. Schreiben Sie so oft als möglich, man freut sich über jeden Brief in der Gefangenschaft.

Für heute sende ich Ihnen unbekannterweise Grüße, Ihr Herbert Brenningmeier.

Moskau, Postfach, 22.02.47

Liebe Heti!

Am 07.02. Karte vom 25.12., heute die vom 30.12. und 06.01. erhalten.

Freue mich, daß Ihr gut Weihnachten und Sylvester gefeiert habt.

Unter Kälte leide ich nicht sehr. Wir haben warmes Winterzeug. Herzliche Geburtstagsglückwünsche für Vater. Wie geht es Büttner? Dein Willy.

Dortmund, den 28.02.47

Sehr geehrte Frau Rohlfing,

als ehemaliger Angehöriger der B.B. 506, Feldpost-Nr. 04793 möchte ich mich nach dem Befinden Ihres Mannes, meines ehemaligen Batterie-Chefs erkundigen.

Wir sind nach Kriegsschluß in russische Gefangenschaft gekommen. Am 09. Mai 1945 hat Ihr Mann die Stadt Windau übergeben sollen; um fünf Uhr nachmittags kam er mit unseren Leuten wieder zurück. In Soldingen haben wir dann die Waffen abgegeben, aber erst am 12. Mai. Von dort kamen wir zum Eisenbahnbau an der Strecke Liebau-Frauenburg-Bixti, aber noch immer mit Ihrem Mann als Chef. Herr Gläser, Herr Büttner und die anderen Offiziere waren schon in ein Gefangenenlager bei Schlock, Riga eingeliefert worden. Wir wurden bis auf 1000 Mann aufgefüllt zum Bahnbau, und Ihr Mann hatte das Kommando. Mitte Juni 45 kamen wir nach Bene, Lettland, und dort wurden wir von Ihrem Mann getrennt. Bis zu dieser Zeit war ich sein Adjutant. Bei der Trennung hat er mir noch aufgetragen, Sie und die Kinder von ihm zu grüßen, was ich hiermit erfülle. Wo Ihr Mann geblieben ist, kann ich nicht sagen. Er wurde andern tags mit anderen Offizieren auf Lastwagen weggefahren. Wir kamen mit einem Transport nach Murmansk am nördlichen Eismeer, wo ich am 2. August 1946 wegen Krankheit entlassen wurde. Am 19. September 46 bin ich dann mit dem stattlichen Körpergewicht von 89 Pfund in Dortmund angekommen. Seit dem 17. Februar arbeite ich wieder an meiner alten Arbeitsstelle. Ich war Funkmeister bei Ihrem Mann und hatte bis heute noch keine Schwierigkeiten wegen der Zugehörigkeit zur B.B. 506. Ihre genaue Anschrift kenne ich nicht, da Ihr Mann mir nur noch zurufen konnte: »Soest«. Durch Verwandte lasse ich diesen Brief an Sie befördern und bitte Sie, mir doch mitzuteilen, ob Sie schon Nachricht von Ihrem Mann haben. Er ist gesund in Gefangenschaft gekommen.

In der Hoffnung, bald Nachricht von Ihnen zu bekommen, grüße ich Sie herzlich.

Emil Wäller.

Moskau. Postfach 270/7, 13.03.47

Meine Liebe!

Lottes und Giselas liebe Karte am 04.03. erhalten, sehr gefreut. Glaubte zuerst an »Besonderes« von Lotte!?

Allen herzliche Osterwünsche. Familie Meyer* Geburtstagsglückwünsche. Dir zum 16.04. einen besonderen Gruß, Dein Willy.

Brief bekommen von Ilse Turley, herzlichen Gruß.

Schwester Leni mit Mann Willi Meyer und drei Söhnen.

Bremen, den18.03.1947

Liebe Frau Rohlfing,

hiermit meinen Dank für Ihren ausführlichen Brief. Sie wissen aber auch immer etwas Interessantes zu berichten! Natürlich bin ich immer begierig, etwas über unsere Männer zu hören. Inzwischen habe ich auch wieder Post von meinem Mann bekommen. Vom 10.02. und sogar zwei Karten, die beide am 05.03. ankamen. Eine Frau St. aus Hamburg schrieb mir vor einigen Tagen. Sie bekommt jeden Monat eine Karte von ihrem Mann, der auch viel vom Heimkommen schreiben soll. Ob die Männer berechtigte Hoffnung dazu haben?

Hoffentlich sind Ihre Kleinen wieder munter! Bernd hat augenblicklich die Grippe. Durchaus zeitgemäß! Mir geht es den Umständen entsprechend gut.

Damit will ich ein Ende machen, herzlichst Ihre Helena Büttner.

Moskau, Postfach 270/7. 24.03.47

An I – Männeken Jürgen.

Lieber Jürgen!

Herzliche Geburtstagsglückwünsche. Schreibst Du mir bald auch einen Brief?

Warte aber man nicht zu lange damit, denn zu Weihnachten hoffe ich wieder bei Euch zu sein!

Grüß Mama und alle anderen, Dein Papa

Moskau, Postfach.19.04.47

Meine Liebe!

Herzlichen Glückwunsch zum Geburtstag. Beim nächsten Male bin ich sicher wieder dabei!

Wir hoffen alle auf baldige Heimkehr und wissen aus der Heimatpost, daß Ihr dasselbe hofft.

Herzliche Grüße an Alle, Dein Willy

Lager 7270/6, 12.05.47

Liebe Mutter!

Herzliche Geburtstagsglückwünsche. Dies ist eine Zusatzkarte. Werde also bald wieder schreiben können.

Bin gesund und guten Mutes, wenn wir auch doch nicht so bald heimkehren können.

Grüß alle Lieben, Dein Sohn Willy

Lager 7270/7, 20.05.47,

Meine Liebe,

vorgestern an Deinem Geburtstag kam Giselas schöne

Karte an. Habe mich außerordentlich gefreut. Sie wird gerahmt und über meiner Schlafstelle aufgehängt.

Schreibt wichtige Nachrichten nur auf Rotekreuzkarten. das geht am schnellsten. Ich bin gesund.

Herzlichst Dein Willy

Leipzig, den 17.06.47

Liebe Frau Rohlfing!

Über Ihre Zeilen habe ich mich sehr gefreut. Schon immer habe ich an Sie gedacht, wie es Ihnen wohl ergangen sein mag. Ich freue mich für Sie, daß es Ihnen und Ihren Kindern noch soweit gut geht, und von Ihrem Mann bekommen Sie auch Nachricht, nun, ich will sehr für Sie hoffen, daß er doch bald wieder nach Hause kommt. – Hinter uns liegt eine böse Zeit, und die Zukunft sieht nicht rosig aus. Zur Zeit ist mein Mann in Eselsheide, er hat mir ja nun endlich Anfang Januar geschrieben, nachdem ich im Oktober die Scheidung einreichte. Nach Kriegsende war er nur zwei Monate in einem Internierungslager. In Detmold heiratete er im August seine Geliebte, die er ja schon in Glau bei sich hatte. Sie werden es wohl auch gewußt haben. Er kümmerte sich überhaupt nicht um uns und will gehört haben, daß wir Vier nicht mehr am Leben seien, ohne eine amtliche Unterlage zu besitzen. Ich wartete derweil immer auf eine Nachricht, und Die Kinder fragten nach ihrem Vati; unterdessen lebte er schon fröhlich in einer neuen Ehe! Im vergangenen Sommer erfuhren meine Verwandten zufällig von der neuen Heirat. Sie können mir wohl glauben, daß ich meinte, der Himmel sollte einfallen. Wenige Monate vorher war meine liebe Mutter, die Einzige, die noch um uns besorgt war, freiwillig in den Tod gegangen; sie ging ins Wasser, aus seelischer Not, vor Allem wegen meinem Mann. Und dann haben wir ja so arg hungern müssen. Es ging wahrhaftig Schlag auf Schlag, und nun ist auch noch das eingetroffen, was ich schon lange befürchtete: man hat mir meine Wohnung und die Möbel beschlagnahmt, aber da mache ich nun nicht mehr mit, mir reicht es! Mein Mann kommt natürlich mit allerlei Ausreden, aber ich glaube nun nichts mehr. Für die Kinder will er angeblich sorgen, na, mal abwarten. Vorläufig ist er eben mit zwei Frauen verheiratet. Es ist alles so verrückt, daß es wirklich aller Energie bedarf, um sich in diesem Leben noch zurechtzufinden. Zu Allem noch immer die drückenden Nahrungssorgen, seien Sie nur froh, daß sie nicht mehr hier in Leipzig leben müssen. Es ist nicht zu beschreiben! Wir haben schon monatelang keine Kartoffeln mehr, obwohl es in der Zeitung immer zugesichert wird, es gibt keinen Stengel Gemüse, von Obst ganz zu schweigen. Wie oft habe ich verwünscht, hier leben zu müssen. Ich denke noch oft an unser letztes Wiedersehen am Jahresende 1944 in Glau. Hoffentlich höre ich einmal von Ihnen. Haben Sie dort eine eigene Wohnung, oder wohnen Sie bei den Schwiegereltern? Seien Sie und Ihre Lütten vielmals gegrüßt, von Ihrer Elfriede Sorge. *(Eine Bekannte aus Leipzig und Glau.)*

Soest, den 09.06.47

Mein liber Papa!

Ich kan dir auch schon einen Brif schreiben. Komz du den bald wider? Wir freuten uns dann aba ser. Heidi und Heinz wissen nicht mer wi du aussisd. Ich weis das aber noch gut. Jürgen und Heinz sint machmal ser frech. Heidi ist lib. Morgen gomt Oma wider. Tan backt Mama eine Torte. Wen du komst backt Mama fiele Torten und Berliner, Kesebuting und Herringe. Margst du auch so gerne Herringe? Ich mak auch so gerne fleisch. Wen du komst feiärn Wir fil. Nun file Küsse deine Gisela.

So, was sagst Du dazu? Hat sie ganz allein geschrieben, oder denkst Du etwa, ich hätte dabei geholfen? Ihr Bild lege ich Dir noch bei, es ist vom Sommer. Ich habe das ganze Jahr die Hoffnung gehabt, Du wärest bis Weihnachten wieder zu Hause. Aber nun fällt einem alles wieder ins Wasser, Gruß Deine Hedwig

Lager 7270/7, 02.07.47,

Meine Liebe,

eben erhielt ich Brief vom 11.05. und Karte vom 24.04.

Ich bin gesund und hoffe, nicht bis zum 31.12.48 warten zu müssen mit der Heimkehr! Deine böse Ahnung, daß wir vielleicht noch länger warten müssen, beunruhigt mich.

Herzliche Glückwünsche zum Geburtstag für Heinz. Der Lümmel soll in die Kinderschule gehen! Hoffentlich kommt diese Karte zum 09.08. an!

Herzlichst dein Willy. – Neue Anschrift beachten!-

Lager 7270/3, 21.08.47,

Meine Liebe!

Brief vom 03.05. am 15.07.! (mein Geburtstag) vom 06.04. am 20.07. erhalten. Haben mir beide wegen des zuversichtlichen Tones große Freude gemacht. Wegen La-

gerwechsel wird nun die Post wohl etwas auf sich warten
lassen. Auch Du mußt u.U. mit Unregelmäßigkeiten rechnen. Habe dank Freund Willi aus Hamm einen netten
Geburtstag mit Blumen, Löffel und Tabak gehabt.

Grüße Neumanns! Bin gespannt auf Bilder!

Herzliche Grüße Euch allen! Dein Willy

Sobernheim, den 03.09.47

Sehr geehrte Frau Rohlfing,

als einer der glücklichen Russlandheimkehrer habe ich
es übernommen, Ihnen aus der Heimat einen ausführlichen Bericht über das Wohlergehen Ihres Herrn Gemahls
zukommen zu lassen.

Als ehemaliger Offizier der Kurlandarmee bin auch ich
am 08. Mai 1945 aufgrund der Kapitulation in russische
Hände gefallen. Im Glauben an das gegebene Versprechen
einer baldigen Rückkehr in die Heimat, vollzog sich die
Übergabe geordnet und reibungslos. Über die Behand-
lung im baltischen Raum läßt sich auch nichts Nachtei-
liges sagen. Anfang Juli 45 erfolgte dann aber unser Abtransport ins Innere Russlands. Dort begann dann Ende
Juli die Aufteilung auf einzelne Mannschaftslager. Uns
verschlug das Schicksal in ein Lager Nähe Okulowka, an
der Bahnlinie Leningrad-Moskau, dessen Aufgabe es war,
eine demontierte Papierfabrik wieder in Gang zu bringen. Damit hatten wir das beste Lager im ganzen Bereich
angetroffen, das wenigstens unter einer humanen deutschen Führung stand. Auch brauchten wir hier zunächst
nicht zu arbeiten. Aber auf dem Wege der freiwilligen
Arbeitsleistung wurde allmählich immer mehr ein neuer
Prozess eingeleitet, bis dann im März 46 dort unter ei-

nem russischen Befehl jeder Offizier bis zum Hauptmann zur Arbeit gezwungen wurde. In dieser Zeit übernahm Ihr Herr Gemahl dann die Schreinerarbeiten im »Bastelraum« des Lagers. Diese erträgliche Stellung hatte er bis Ende 46 inne. In der folgenden Zeit taten dann für uns verschlechterte Ernährungslage, harte körperliche Arbeit und Kälte ihr Teil, um eine körperliche Schwächung und Arbeitsunfähigkeit herbeizuführen. Es erfolgte dann wieder einmal eine Periode der Auffütterung ohne Arbeitseinsatz, bis man wieder als arbeitsfähig befunden wurde. So geht es im Kriegsgefangenendasein bergauf, bergab, bis wieder einmal ein Heimattransport fällig ist, zu dem man vielleicht aufgrund eines schlechten Körperzustandes zugelassen wird. Die Heimkehr ist aus diesem Grund ein reines Glücksspiel.

Ich befinde mich jetzt in einem Erholungsheim der französischen Zone und bin bestrebt meinen Körperumfang wieder zu vermehren, da dies ja, Gott sei Dank, meine einzige Krankheit ist.

Ihr Herr Gemahl befindet sich zur Zeit im Lager 7270/3. Er hat mich zum Abschied damit beauftragt, Ihnen seine Grüße zu übermitteln. Gleichzeitig soll ich Ihnen aber auch die Mitteilung machen, keine allzu großen Hoffnungen auf seine Rückkehr im Verlaufe diesen Jahres zu setzen. Zum Schluß möchte ich Ihnen noch versichern, daß sich im Laufe der letzten zwei Jahre Vieles in russischer Gefangenschaft gebessert hat, sodaß Sie sich keine unnötigen Sorgen zu machen brauchen.

Entschuldigen Sie bitte mein Schreiben mit Bleistift, aber mir steht hier im Augenblick keine Tinte zur Verfügung und ich wollte andererseits mein gegebenes Versprechen baldmöglichst einlösen.

Es grüßt Sie unbekannterweise, Ihr *Max Stamberg.

*der Name ist etwas unleserlich.

Sobernheim, 16.09.47

Sehr geehrte Frau Rohlfing!

Ich bin von einem kurzen Heimaturlaub nun wieder hierher zurückgekehrt und möchte Ihnen heute Ihren Brief vom 07.09. bestätigen und beantworten.

Ich bedaure es aufrichtig, daß ich Sie nicht persönlich hier sprechen konnte. Ihr Herr Bruder, der mich nach Eintreffen des Telegramms besucht hat, berichtete mir bereits vom unglücklichen Zeitpunkt Ihrer Abreise. Ich bin sehr gerne bereit, Ihnen Fragen, soweit ich hierzu in der Lage bin, zu beantworten.

Ich möchte nunmehr auf Ihre einzelnen Fragen eingehen. Ich bin am 10. August 47 aus dem Lager 7270/3 Borowitschi abgefahren. Der Ort liegt östlich des Huna-Sees und ist auf den meisten Russlandkarten aufzufinden. In dieses Lager waren wir zu 100 Mann aus dem Lager 7270/7 Parachino bei Okulowka gekommen (beide Lager gehören zur selben Lagergruppe 270), um in den Raum Moskau zu neuem Arbeitseinsatz weitergeleitet zu werden. 25 Mann wurden jedoch als zu schlecht befunden, darunter auch Ihr Mann und ich. Zum Heimattransport wurde ich dann mit weiteren acht Mann zugelassen, sodaß Ihr Mann in einem kleinen, alten Bekanntenkreis in der sonst so fremden Umwelt zurückgeblieben ist.

Lebensmut und Zuversicht Ihres Herrn Gemahls sind ungebrochen. Er geht gerade und aufrecht seinen Weg durch die Gefangenschaft. In gesundheitlicher Hinsicht ist ja eine körperliche Schwächung durch die ungünstigen Lebensbedingungen und harte klimatische Einflüsse noch kein Grund zu unnötiger Besorgnis. Vor allen Dingen fehlt dem Körper die nötige Fett – und Eiweißzufuhr, die ja zu einem langsamen Aufbrauchen der Körpersubstanz führt. Der Arbeitseinsatz Ihres Mannes in den letzten Monaten war als Eisenbieger für Betonkonstruktionen am Neubau eines Kesselhauses. Betreff Ihrer Anfrage nach Kameradschaft in der Kriegsgefangenschaft möchte ich Ihnen Folgendes sagen: betrachten Sie Ihre Mitmenschen im täglichen Leben. Wie soll es da in der Gefangenschaft, wo es doch an Allem mangelt, besser sein. Was die Entlassung anbelangt, so bin ich mit einem Krankentransport in die Heimat gelangt. An den 31.12.48 glaubt ein jeder Gefangener. Allerdings kann ja nicht jeder zu diesem letzten Zeitpunkt auf freien Fuß gesetzt werden.

Zum Schluß noch ein paar Worte über Bekleidung und persönlichen Besitz Ihres Herrn Gemahls. Wie ich bereits in meinem letzten Schreiben erwähnte, waren im Lager Parachino recht geordnete Verhältnisse und eine humane deutsche Führung. Hatte man nach der Kapitulation unser Gepäck auch ein wenig »erleichtert«, so war doch ein jeder Offizier noch im Besitz seiner Uniform, mitunter auch noch Stiefel, mehrere Wäschegarnituren und sonstige Gebrauchsgegenstände. Für Winterbekleidung wird in den letzten beiden Jahren von den Russen reichlich gesorgt, in Form von: Watteanzug, Pelzmütze. Pelzmantel, Filzstiefel. – Was die Wertgegenstände, wie Ringe und Uhren anbelangt, mußte man diese in der ersten Zeit gut verstecken.

Damit will ich für heute schließen, ich verbleibe mit den besten Grüßen,

Max Stamberg.

Eckweiler bei Sobernheim, den 25.09.47

Liebe Hedwig!

Deinen Brief habe ich erhalten. Mit Deiner Rückfahrt hat ja dann alles geklappt, bis auf die Panne mit dem zu spät gekommenen Telegramm. Das kam hier am Sonntagabend an und war Freitag aufgegeben. So ungefähr hatte ich mir das mit Telegrammen vorgestellt! Ich bin dann sofort am Montag nach Sobernheim marschiert (ca. 15 km) um mit dem jungen Mann (Max Stamberg) zu sprechen. Besonderes ist davon aber nicht zu berichten. Wie er mir sagte, hat er ja alles, was Dich besonders interessiert, bereits an Dich geschrieben. Ich habe nur versucht, ihn noch weiter »auszuquetschen« und dabei hat er dann das Folgende erzählt:

er ist Jahrgang 1921 und war Leutnant bei der Infanterie, also nicht bei Willys »Haufen«. Er hat Willy 1945 in der Gefangenschaft erst kennengelernt und war von 45 bis jetzt im August dauernd mit ihm zusammen. Er hat in einer Papierfabrik in der Nähe von Moskau gearbeitet und war körperlich so heruntergekommen, daß man ihn wegen allgemeiner Körperschwäche entlassen hat. Dabei wollte man ihn in Frankfurt/Oder noch einmal festhalten, weil er zu schwach war, und man solche Leute – scheinbar der antikommunistischen Propaganda wegen – nicht nach dem Westen lassen wollte. Nach acht Tagen hat man ihn dann aber doch laufen lassen.

Von Willy sollte er Dir bestellen, das hat er wohl schon

in seinem Brief an Dich geschrieben, daß es ihm unter den nun mal gegebenen Umständen gut ginge, Du solltest Dir aber keine Hoffnung machen, daß er in diesem Jahr noch entlassen würde. Arbeitsfähige Leute entlassen die Russen nicht so bald! Willy wäre nur seiner nicht ganz festen Gesundheit wegen sog. o.K-Mann. Das heißt, er ist ohne Kommando und wird im Lager beschäftigt, aber er könnte sich da mit seinen Schreinerkunststücken gut helfen. Denn unter Umständen könne er da mit seinem Kochgeschirr in die Küche gehen und soviel essen, wie er wolle. Ein Offizierslager ist das übrigens nicht. Die Offiziere bis einschließlich Hauptmann müßten alle mit den anderen arbeiten. Erst Stabsoffiziere, also vom Major aufwärts, brauchen nicht zu arbeiten, bzw. die Arbeit ist da freiwillig. Viel erlebt wird in so einem Lager ja nicht, und so ist das alles, was der Mann erzählen konnte. Es wäre ja schön gewesen, wenn Du selbst mal mit ihm hättest sprechen können. Aber Du hast ihm ja auch geschrieben, er wird Dir bestimmt noch antworten.

Bei uns ist noch alles im Lot. Das Korn ist gesät und die »Bäreschmeer« (Birnenmus) ist gekocht.

Laß mal bald von Dir hören und sei bis dahin recht herzlich gegrüßt,

Dein Bruder Günter

Lager 7270/3, 26.09.47

Meine Liebe!

Meine Anschrift ist also doch die selbe geblieben. Jetzt möchte ich auch den Winter am liebsten hier überstehen. Als ich jetzt hörte, dass Herr Vogt seinen Sohn in Soest durch Kinderlähmung verloren hat, habe ich nachträglich einen großen Schreck gekriegt. Wir machen uns überhaupt große Sorgen, wie Ihr den Winter überstehen werdet. Die Ernährungslage im Westen muß ja katastrophal sein. Hier ist die Ernte gut ausgefallen.

Mutters Karte vom 03,06. und Deine vom 14.06. am 30.08. erhalten. Bin gesund und zuversichtlich.

Herzliche Grüße Euch allen, Dein Willy

Lager 7270/3, 22.10.47

Meine Liebe,

endlich wieder Post! Karte vom 18.09. am 16.10., vom 12.09. und 25.09. am 16.10. Nachricht über Läpke und Wargolla hat mich sehr gefreut. Grüße Beide.

Haben jetzt Wintersachen empfangen, hoffentlich die letzten. Ich bin gesund und will es auch bleiben,

Ist Lottes Küche oben? Haben Luigs im Isenacker wieder gebaut? Schreib über die Ernte. Wir machen uns große Sorgen.

Herzliche Grüße Euch allen,

Dein Willy

Lager 7270/5, 03.12.47

Heidi wird am 03.12. vier, Gisela am 17.12. acht Jahre.

Meine lieben Töchter,

herzliche Glückwünsche. Am ersten Advent kamen die Karten vom 26.07. und 21.10., Giselas Karte vom 20.10. und Heidis Bild. Ich habe mich sehr gefreut. Erst glaubte ich, das Bild wäre von Gisela. Wenn ich komme, seid Ihr alle schon groß. Giselas Karte hänge ich über meine Pritsche neben den Spruch von Vater. Ich bin gesund. Herzliche Grüße an Euch alle, Euer Papa.

Neue Anschrift!

Lager 7270/5, 17.12.47,

Meine liebe Gute,

endlich war ich wieder reichlich mit Post gesegnet, und so schöne! Vor Allem die Bilder von Euch Fünfen und Giselas schöne Karte. Das Familienbild habe ich gerahmt und werde es zu Weihnachten über meiner Pritsche aufhängen. Wir werden froh sein, wenn wir das trübselige Weihnachten und Sylvester hinter uns haben. Einen Weihnachtsbaum werden wir haben, vielleicht auch Lichter. Am Abend werde ich mit meinen Dortmunder Kameraden ein Festessen mit aufgespartem Brot und Zucker abhalten. Am ersten Festtag bin ich sogar zum Kaffee eingeladen. Zu rauchen habe ich auch. Ab 01.01.48 werden die Tage abgestrichen!

Es grüßt Euch alle herzlich, Dein Willy.

Lager 7270/5, 01.02.48,

Meine Liebe,

heute war wieder einmal ein richtiger Sonntag: zwei Karten von Dir! (vom 22.12. und 28.12.). Es war mir eine große Freude, daß Ihr gut und fröhlich Weihnachten feiern konntet. Wir mußten leider am 23.12. noch etwas umziehen. Trotzdem hatte ich mir etwas Brot, Zucker und Rauchbares zurückgelegt. Einen grünen Kranz mit zwei Kerzen hatte ich über meinem Platz aufgehängt, Euer Bild aufgestellt und dann habe ich ganz im Kreise meiner Familie den Heiligabend begangen. Wir hatten natürlich auch eine Lagerfeierstunde, bei der mir die alten Weihnachtslieder, wie jedes Jahr wieder, mächtig an die Nieren gingen. Ob mein alter Kamerad Willy Redecker aus Bad Hamm schon zu Hause ist? Seine Frau wohnt in Recklinghausen, Rosenstr. 7. Die Nachricht von meinem alten Wäller hat mich herzlich gefreut. Grüß ihn bitte, ebenso Schütte.

In alter Liebe, Dein Willy.

Lager 7270/5, 07.02.48,

Meine liebe Heti!

Es soll zwar in den nächsten Tagen wieder Post geben. Aber ich will doch lieber nicht warten mit dem Schreiben. Es ist augenblicklich wieder kälter, aber wir haben doch einen sehr milden Winter, und in zwei Monaten wird es schon wieder Frühling. Wir hoffen zuversichtlich, daß es der letzte Winter für uns hier war! Meine Frühjahrskrankheit habe ich auch bereits überstanden. (Bronchitis). Hat Benkendorf sich schon gemeldet? Bei mir hat sich seitdem noch nichts geändert. Die von ihm vermachte schöne Decke habe ich auch noch. Ich hoffe aber, Ihr müßt mit den Schuhreparaturen nicht warten bis ich komme. Wann kommt Jürgen denn nun zur Schule?

Wie ich von W. Kauz aus Ganselfingen hörte, ist W. Ostermann oder – meier aus Soest (Lokführer), im Dezember 45 in Benarabien gestorben.

Herzlichst Dein Willy

28.02.48

Liebe Frau Rohlfing!

Haben Sie Dank für Ihre Post vom 18.01. mit den interessanten Ausführungen. Ich war wirklich erschlagen. Ich weiß gar nicht, mit wem Sorge damals in Glau zusammen war. Die letzte Nachricht meines Mannes erhielt ich Ende Dezember. Allerdings erfuhr ich jetzt durch entlassene Mitgefangene Näheres. Danach wurden erst Ende März 47 die kräftigsten Männer aus dem Offizierslager ausgesucht und kamen in ein anderes Lager zum Arbeitseinsatz. Der Anmarsch zur Einsatzstelle dauert 1 1/2 Stunden, dann wird 10 Stunden schwer gearbeitet. Sie arbeiten am Aufbau eines Industriewerkes (Hochofen) und dergleichen. Der Raum zum Schlafen beträgt nicht mehr als 40 bis 60 cm pro Person. Die tägliche Verpflegung soll aus 670 g Brot, 40 g Zucker, 75 g Fleisch und 20 g Fett bestehen. Für die Arbeit werden sie neuerdings bezahlt und müssen dann für Unterkunft und Essen selbst aufkommen. Mitunter behalten sie etwas Geld über, dann wird es z.B. in Eiern und Kaffee angelegt.

Ob wir unsere Männer wirklich und endlich in diesem Jahr hier haben werden?

Nun seien Sie herzlich gegrüßt von Ihrer Hella Büttner.

Lager 7270/16, 08.03.48,

Lieber Vater!

Zu Deinem Geburtstag die herzlichsten Glückwünsche. Ich wünsche Dir, dass Du bei Deinem nächsten eine kräftige Hilfe mehr hast. Mit dem Richtfest der neuen Werkstatt wird es wohl so bald noch nicht klappen. Wenn ich doch beim Bauen und Planen mithelfen könnte! Wenn ich auch sonst nichts mitbringen werde, an Unternehmungslust und Arbeitsfreude fehlt es sicher nicht! Kannst Du denn gut bauen oder wird es so ein Behelfsheim? Es scheint so, als hätten wir den Winter überstanden, heute früh hatten wir -3 Grad Celsius. Es heißt, wir dürfen einen Brief schreiben. Lieber wäre es uns ja, wenn <u>Ihr</u> einen schreiben dürftet. Ihr könnt uns doch mehr mitteilen. Hat Mutter denn noch Lust zum Umziehen?

Herzliche Grüße auch an Mitterer und die anderen »Alten«. Dein Willy.

Lager 7270/6, April 48, Frühlingsanfang,
Meine Liebe,

es ist zwar morgens noch recht kalt (– 20 Grad), aber der Frühling kommt doch merkbar, die Sonne wärmt schon. Meine Uhr zeigt erst sechs, mein Magen allerdings schon sieben (Essenszeit). Die Wartezeit will ich mit dieser Karte ausfüllen. Ich habe einen günstigen Fensterplatz, sodaß ich noch einigermaßen sehen kann. Wir haben zwar den Winter gut überstanden, freuen uns alle aber doch sehr darauf, daß er vorbei ist, zumal wir glauben, daß es unser letzter hier gewesen ist. Ich möchte mir wünschen, daß ich bis zum Abtransport in diesem Lager bleiben könnte, im Frühling und Sommer ist es hier sicherlich landschaftlich sehr schön, zudem soll es hier viel Heidelbeeren, Moosbeeren und Preiselbeeren geben. Unterkunft und Lagerordnung sind hier auch angenehmer als bisher. Post habe ich infolge des Umzuges seit Giselas Brief (27.02.) nicht gehabt, es soll aber etwas weiter von hier welche vorliegen. Ich bin gesund und den Verhältnissen entsprechend auch munter.

Es grüßt Dich, meine Vier und alle Lieben, Dein Willy

Sehr geehrte Frau Rohlfing!

Als ich mich am 21.03. diesen Jahres von Ihrem Gatten im Lager 7220/16, dem sog. Waldlager, trennte, um mit dem geplanten Frühjahrstransport in die Heimat befördert zu werden, bat er mich, Ihnen doch über sein augenblickliches Gefangenenleben etwas ausführlicher zu berichten, als es ihm auf den Rotekreuzkarten möglich ist. Ich erfülle ihm gerne diesen Wunsch, fühle ich doch mit jedem Kameraden, für den unsere glücklichste Stunde zu einer sehr schweren wurde; ebenso mit seinen Angehörigen, die bei dem Eintreffen einer solchen Nachricht wieder einmal die Enttäuschung überwinden müssen, daß ihr so sehnsüchtig Erwarteter noch nicht dabei war.

Im Oktober 47 schieden wir beide wegen allgemeiner Körperschwäche aus dem Arbeitsprozeß aus und lernten uns als sog. o.K.-Leute kennen. Nach einem im Lager 7220/3 ruhig verbrachten Monat wurden wir am 03.11. in das Lazarettlager 7270/5 verlegt, wo wir nach drei Wochen Bettruhe wieder halbtags zu leichteren Lagerarbeiten und sonstigen Notstandsarbeiten, wie Schneeräumen, Holzholen und Wassertragen eingesetzt wurden. Ihr Gatte meldete sich in dieser Zeit freiwillig zur Arbeit in der Schusterei des Lagers, wo er auch überwinterte und somit ein warmes Plätzchen behauptete. Durch diese ruhige Beschäftigung erholte er sich auch wieder und wurde im Frühjahr »Arb.Gr.III« geschrieben, d.h. er war für einen vierstündigen Arbeitseinsatz heranzuziehen. Ich war in dem Erholungslager 7270/16 und hatte dann das große Glück auf der Transportliste zu stehen. Ich wartete mit 1200 weiteren Heimkehrern auf den Abfahrtstermin und verließ am 03. Mai den Lagerbereich 7270. Ich bin der festen Überzeugung, daß auch Sie noch in diesem Jahr die Freude des Wiedersehens erleben werden. Hinsichtlich der körperlichen Verfassung Ihres Gatten dürfen Sie durchaus beruhigt sein. Durch seinen schlanken, sehnigen Wuchs sind ihm von Natur aus gute Voraussetzungen für ein Überstehen der Gefangenschaft gegeben. Die bis heute ohne ernsthafte Schäden durchgehalten haben, werden auch die restliche Zeit noch überstehen. Da Ihr Gatte auch geistig noch frisch und rege ist, und sich durch die für sich und seine Familie so unangenehm auswirkenden russischen Maßnahmen nicht aus der Fassung bringen läßt, dürfen Sie ebenso getrost an ihn denken, wie er oft mit uns zusammen, in der festen Zuversicht auf ein Wiedersehen, die Bilder seiner Familie mit dem vierblättrigen Kleeblatt, um das ich ihn, als noch kinderloser Ehemann, heimlich beneidet habe, froh betrachtete. Wenn Ihr Gatte sich noch weiter im Waldlager 7270/16 befindet, dürfte er vor Allem zur Sommerzeit ein ganz erträgliches Leben führen. Das Lager liegt direkt an dem Fluss Msta und versöhnt durch seine landschaftlich schöne Umgebung mit so manchen Unannehmlichkeiten der Gefangenschaft.

Ich grüße Sie und die Ihren herzlich, Ihr Joachim Pfahlert.

Lager 7270/1, 03.06.48,

Liebe Mutter,

mit der Post klappt es augenblicklich sehr schlecht, sodaß man gar keine rechte Lust zum Schreiben hat. Es ist ja auch gut, daß ich die Maikarte in Reserve behalten habe, so kann ich aus dem neuen Lager gleich schreiben.

Ich bin gar nicht gern aus dem letzten Lager gegangen. So gut hatte ich es in der ganzen Gefangenschaft noch nicht. Aber dieses Lager macht auch einen guten Eindruck. Vor allem haben wir eine nette Baracke, außerdem haben zwei gute alte Bekannte den Lagerwechsel mitgemacht.

Ich fürchte zwar, dass diese Karte zu Deinem Geburtstag nicht mehr zurecht kommen wird. Sie soll Dir aber trotzdem noch recht herzliche Glückwünsche bringen. Ich hoffe, Du wirst ihn recht fröhlich verleben. Ich werde jedenfalls am 18. Juni, so gut es geht, ein Festessen veranstalten und eine Familiengedenkstunde halten. Bald wird mir Jürgen wohl auch einen Gruß schreiben können.

Es grüßt Dich und alle meine Lieben, Dein Sohn Willy

Lager 7270/1, 15.07.48,

Meine liebe Heti!

Heute ist für uns kein fröhlicher Tag, das Wetter ist auch danach.

Alle, die mir zum Geburtstag gratulieren, sagen mir: »Was wir Ihnen vor allem wünschen, wissen Sie ja.« Trotzdem wird dieser Tag natürlich wieder festlich begangen. Vor mir stehen drei prächtige Blumensträuße und Euer Bild. Heute Nachmittag, wenn mein Mitbewohner nach Hause kommt – wir kennen uns schon seit drei Jahren – steigt das Festessen, wozu wir uns Mohrrüben, Blaubeeren, Zwiebeln und 1/2 L Milch besorgt haben. Außerdem kriege ich laufend Zigaretten geschenkt. Einige Pfund Kartoffeln habe ich mir auch zurückgelegt. Wie Du siehst, geht es mir gar nicht schlecht, und ich glaube, wenn es so bleibt, werdet Ihr Euch über mein gutes Aussehen wundern, wenn ich endlich auch die große Reise in das Glück hinter mir habe. Aber bis dahin hat es wohl noch eine Weile Zeit. Werde nur nicht ungeduldig. Was macht der Umbau? Ich freue mich sehr, dass Reckmanns Dich besuchen wollen. Ich halte viel von Ihnen.

Es grüßt Euch alle herzlich Dein Willy

09.08.48, Lager 7270/1

Meine liebe Heti!

Heute ist wieder einmal Familiengedenktag, ein ganz großer sogar! Ich glaube, ich würde Dir, wie ich es vor zehn Jahren gemacht habe, einen regelrechten Liebesbrief schreiben, wenn diesen Brief nicht zu viele fremde Leute zu sehen kriegten. So muß es Dir genügen, zu wissen, daß ich Dir einen schreiben möchte! Es trifft sich gut, daß wir heute gerade »langen Schichtwechsel« haben, d.h. gestern Frühschicht, heute Spätschicht. Ich konnte also den heutigen Tag mit einem ganz geruhsamen Frühstück beginnen. Dazu hatte ich mir etwas Butter und Zucker, sowie ein Stück Brot zurückgelegt. Euer Bild, das über meinem Bett hängt, wird mit einer schönen Blume geschmückt. Wenn ich diesen Brief geschrieben habe, gehe ich noch zur »Volksküche«, unserer Abkochstelle im Freien und koche mir ein Pfund Kartoffeln. Wenn dann die Küche noch etwas Gutes beschert und der Arbeitstag geruhsam verläuft, habe ich den Tag unseres 10-jährigen Ehejubiläums angenehm verbracht. Vielleicht bringt mir mein Pritschenkamerad zum Abschluss des Tages noch einige Preiselbeeren mit.

Vorgestern kam Mutters Karte an. Die Post kommt ja ziemlich tröpfchenweise, aber es kommt doch wenigstens ab und zu etwas an. Das Pfahlert zu Hause ist und Dir geschrieben hat, freut mich sehr! Für ihn wurde es im Hinblick auf seine Gesundheit höchste Zeit. Daß Jakob Dich besucht hat, wundert mich. Oder sucht er Arbeit? Was Mutter bezüglich der Währungsreform schreibt, war mir natürlich sehr interessant. Überhaupt sind wir alle natürlich an Meldungen über diesen Gegenstand sehr interessiert. Braucht man zum Einkauf von Schuhen Bezugsscheine? Sicher doch. Was für Kästen arbeiten wir denn für Siemens?

Ist Ludvig eigentlich wieder zu Hause? Wie geht es Mitterer? Wie steht es mit dem Neubau? Du kannst Dir kaum vorstellen, wie gerne ich mithelfen würde! Überhaupt werde ich, wenn ich nach Hause komme, alle umrennen vor Unternehmungslust und Arbeitsfreude, wie alle hier, die innerlich und äußerlich gesund geblieben sind. Hier sind doch die weitaus meisten in einer berufsfremden und neigungsfremden Tätigkeit eingesetzt, sodaß man eine Freude an der Arbeit, von den Begleitumständen, die das Kriegsgefangenen-dasein naturgemäß bedingt, ganz abgesehen, nicht erwarten kann. Ich habe nun noch das Glück gehabt, daß ich fast immer mit Holz zu tun hatte, worüber ich sehr froh bin. Wenn ich Vater einmal erzähle, wie ich meine ersten Betten und Fenster gemacht habe, wird er lachen. Jedenfalls habe ich hier mit Handsäge und Rauhbank gründlicher umgehen gelernt, als ich es zu Hause wohl je getan hätte. Ich glaube, ich habe die Nutzholzverarbeitung vom Wald bis zur Werkstatt in allen Stationen, die hier möglich waren, so weit studiert, daß ich mit gutem Gewissen mein Studium abschließen könnte, um mich meinem eigentlich Beruf als Mathematiker zuzuwenden. Ich glaube, da gibt es für meinen alten Kopf noch reichlich viel zu lernen! Für die Hände sorge ich ohne Bedenken genug. Na, bisher hat der Kopf ja, trotz aller Sorgen, auch ganz gut gereicht.

Wie geht es Jürgen in der Schule? Ich hoffe, bald eine Karte von ihm zu bekommen. Ich stelle mir allerdings vor, daß es mit der Schönschrift bei ihm nicht allzu weit her ist. Was hat denn die Musikschule mit Gymnastik zu tun? Kann Gisela nicht Laute spielen lernen, ich habe seit Karelien eine Schwäche für Laute. Heinz wird ja wohl nun der erste sein, den ich selbst zur Schule anmelden kann. Laut Onkel Willi wird er die anderen ja wohl bald überflügeln. Oder wird ihm das Stillsitzen Mühe machen, wie seinem Onkel Heinz?

Gleich geht es ans Essen, neben dem Schlafen unsere Lieblingsbeschäftigung.

Euch allen herzliche Grüße, für Heinz besondere Geburtstagsgrüße!

Dein Willy

Lager 7270/1, 15.08.48,

Meine Liebe,

Am 07.08. kam Mutters Karte an. Die Post kommt augenblicklich sehr spärlich. Auch in der anderen Richtung wird allenthalben geklagt. Nun, die Hauptsache ist, daß die Heimattransporte möglichst pausenlos rollen! Dass Pfahlert Dir geschrieben hat, freut mich sehr! Mit Jakob hat mich nur die Tatsache näher bekannt gemacht, daß er aus Dinker stammt.

Ich habe augenblicklich einen scheußlichen Hexenschuss, umso unangenehmer, als man nichts davon sehen kann. Ich bin aber krank geschrieben. Sonst geht es mir gesundheitlich so gut wie seit 1946 nicht. Das Wetter ist auch noch gut.

Herzliche Grüße, Euch allen, Dein Willy

Lager 7270/1, 04.09.48,

Meine liebe Heti,

am 18.08. hatte ich wieder einmal einen guten Tag. Es kamen drei Karten. Deine vom 02.05. und 17.06. und Mutters vom 02.06. Ich bin jetzt schon sehr gespannt auf die Post nach der Währungsreform. Hier hört und liest man darüber ja nichts Gutes. Wir freuen uns aber zu hören, daß die Ernte Gutes verspricht; zumal wir annehmen, daß wir davon auch etwas abbekommen werden. Ich habe heute meinen Sonntag und benütze die ruhigen Stunden zum Flicken und zum Schreiben. Gerade läuft im Lager ein Film (»Razzia«, ein Film aus Barein), sodaß es auf der Baracke besonders ruhig ist. Wir haben jetzt wohl die letzten schönen Tage, mitunter ist es bereits recht kühl. Von Frau Luig hörte ich, daß im Garten alles gut gediehen wäre und daß das neue Haus im Isenacker fertig wäre. Näher kann man nicht Nachbar werden! Werde ich wohl einmal Karl Georg Rinke, Rudi Schürhoff und Otto Barella* wiedertreffen? *(Freunde aus der Schulzeit).

Herzliche Grüße Euch allen, Dein Willy

Lager 727071, 24.09.48

Liebe Heti!

Das Essen rollt schon an und dann geht es zur Arbeit. Aber ich denke doch, mit dem Schreiben noch vorher fertig zu werden, da es heißt, dass die Karten heute noch abgehen sollen. Deine Karte vom 30.08. erhielt ich am 20.09. Es fehlen mir nun noch eine ganze Menge dazwischen. Hat Reckmann Dir geschrieben? Wir hoffen immer noch auf den 31.12.48. Bis dahin sind es keine 100 Tage mehr. Die Witterung wird hier jetzt wieder ungemütlich. Schreib doch einmal Näheres über die Versorgungslage, Preise und Beschaffungsmöglichkeiten. Kannst Du nicht wieder einmal ein Bild schicken?

Es grüßt Euch alle herzlich Dein Willy

Lager 7270/1, 22.11.48

Meine liebe Heti!

In letzter Zeit habe ich wieder erfreulich viel Post bekommen, u.a. auch den von Euch Fünfen gemeinsam verfassten Brief vom 18.07. und die Karte von Jürgen. Heute werde ich nach vier Tagen wieder aus dem Lazarett entlassen. Ich hatte Durchfall (Erkältung). Die paar Tage Ruhe waren ja ganz schön, aber auch langweilig, und ich bin froh, daß ich wieder hinauskomme. Daß Herr Reckmann bei Dir war, freut mich sehr. Er schrieb mir auch, auf ihn kann man sich verlassen. Er hat mir eine schöne Pelzweste hiergelassen, sie leistet mir gute Dienste. Wir haben aber auch sonst warme Winterbekleidung. Das Jahr geht zu Ende, wir hoffen immer noch auf den 31.12. Auch wenn ich nicht bis dahin komme, feiert Ihr nur fröhlich Weihnachten, vor allem die Kinder! Wir behalten auf jeden Fall die Nase oben, nicht wahr?!

Euch allen herzliche Grüße, Dein Willy

Meine liebe Heti!

Ich habe gar keine Lust zu schreiben. Aber Mutters Karte, die gerade am 26.12., als ich von der Arbeit kam, auf meinem Bett lag, will ich nun doch beantworten. Am Weihnachtsabend hatten wir frei und haben mit Lichterbaum und gutem Essen in unserer netten kleinen Baracke Weihnachten gefeiert, wie es sich gehört. Daß der 31.12. uns nicht das ersehnte Ende der Gefangenschaft gebracht hat, war für uns natürlich eine bittere Enttäuschung. Ihr müßt aber nicht denken, daß wir nun mit hängenden Ohren umherlaufen. Einmal werden wir ja auch an der Reihe sein. Ob Frau Luig Dich noch vor Weihnachten besucht hat? An Hörstermann habe ich auch einen Gruß geschickt. Mir geht es gesundheitlich ausgezeichnet.

Es grüßt Euch alle herzlich immer Dein Willy

Kaiserslautern, den 31.01.49.

Sehr verehrte, gnädige Frau.

Ich möchte mich nochmal nach dem Ergehen Ihres Mannes erkundigen. Zum Dezember ist ein Transport von 124 Mann aus dem Lager 7270 angekommen. Da es sich ausschließlich um Kranke handelte, konnte ich bis jetzt noch keinen Kameraden ermitteln, der in den letzten Monaten mit Ihrem Mann zusammen war. Von Frau Rehmann hörte ich jetzt, daß im Lager 7270/3 Weihnachten mehrere Briefe von mir angekommen sind. Der Gesundheitszustand der Kameraden wird allgemein jetzt als zufriedenstellend bezeichnet, wenigstens in diesem Lagerbereich. Daß alle durch das Nichteinhalten des Entlassungs-termins sehr bedrückt sind, ist nur zu erklärlich.

Seit unserer Heimkehr haben wir zu mehreren ehemaligen Schicksalsgenossen laufend allen Bekannten geschrieben, um zu zeigen, daß wir sie nicht vergessen. Es würde mich daher interessieren, ob Ihr Mann mal den Empfang einer Nachricht von mir erwähnte. In Nowgorod hat der russische Kommandant die Verlängerung des Termins für ein halbes Jahr bekannt gegeben. Verlassen kann man sich natürlich auf nichts, aber hoffen wollen wir trotzdem, daß sich alles bald zum Guten wenden möge.

Ich verbleibe mit ergebenen Grüßen, Ihr H. Reckmann

Lager 7270/1, 06.04.49

Mein lieber Kronensohn!

Weil die Post so langsam geht, will ich Dir schon jetzt eine Geburtstagskarte schreiben. Ich wünsche Dir alles Gute, vor allem, daß Du Deinen Papa bald wieder bei Dir hast! Mama schreibt, Du könntest ihn wohl gebrauchen. Kannst Du die Karte selber lesen? Weißt Du, so schön schreiben kann ich nämlich auch nicht. Aber die Hauptsache ist ja, daß man richtig schreiben kann! Am besten ist natürlich man kann beides gut. Euer Bild von Weihnachten hat mir viel Spaß gemacht. Hast Du denn kein Taschentuch? Ich mache es bei der Arbeit ja auch meist so wie Du, aber da habe ich auch so schwarze Hände, daß es nicht anders geht. Ich kann aber nicht erkennen, was für ein Haus auf dem Bild ist. Bestell allen schöne Grüße, einen besonderen Gruß an Tante Lotte. Macht der Mama nicht zu viel Ärger!

Herzliche Grüße, Dein Papa

Herdecke, den 11.04.49

Sehr geehrte Frau Rohlfing!

Nachdem ich vor einigen Tagen aus russischer Kriegsgefangenschaft zurückkehrte, will ich mich heute des Auftrags Ihres Mannes, Willy Rohlfing, mit dem ich in der letzten Zeit meiner Gefangenschaft zusammen war, entledigen. Zunächst übermittle ich Ihnen die herzlichsten Grüße von ihm und teile Ihnen mit, daß es ihm gut geht. Er verfügt immer über einen guten Appetit und ist seit einiger Zeit auch in der Lage, sich einigermaßen satt zu essen. Er arbeitet auf einem kleinen Kohlenbergwerk über Tage. Die Arbeit ist im Vergleich zu der Arbeit unter Tage als angenehm zu bezeichnen. Sie macht ihm auch Freude.

Was seine Heimkehr betrifft, glaube ich, daß man auch in dieser Hinsicht ruhig etwas optimistisch sein kann. Jedenfalls deckt sich meine Ansicht mit der Ihres Mannes. Die augenblickliche Massenentlassung auch gesunder Leute läßt darauf schließen, daß die Russen die Repatrierung aller deutschen Kriegsgefangenen bis Ende 1949 tatsächlich durchzuführen gedenken.

Ich hoffe, daß es Ihnen selbst gut geht, sowie, daß ich Ihnen durch meinen bescheidenen Versuch, Ihnen ein Bild vom Leben Ihres Mannes zu geben, eine kleine Freude machte.

Indem ich Ihnen alles Gute wünsche, bitte ich Sie, falls Sie noch irgendwelche Fragen haben sollten, diese ruhig zu stellen. Ihr Heinz Becker.

Lager 7270/1, 01.05.49

Meine liebe Heti!

Da wir heute auch Feiertag haben, will ich Dir Deine

Geburtstagskarte schreiben. Ich will Dir nur ein fröhliches Geburtstagskaffeetrinken wünschen, denn es kommt bei der ganzen anderen Wünscherei doch nichts heraus! Sonst wären wir ja schon alle zu Hause! Augenblicklich sieht man wieder kein Weiterkommen. Aber wir haben das Warten ja gründlich gelernt! Heute gibt es bei uns Festtagsessen. Leider habe ich mir persönlich nichts zusätzlich besorgt, da wir nicht damit rechneten, daß wir frei haben würden. Na, ich werde das übermorgen an Jürgens Geburtstag nachholen. Meine übernächste Freischicht habe ich auf den 18.05., Deinen Geburtstag, legen lassen. Ich hatte im Stillen sehr gehofft, daß ich zu Mutters Geburtstag bei Euch sein würde, vor allem im Hinblick auf das zu erwartende große Familienereignis bei Petersens *(Geburt von Lottes erstem Kind).* Na, es wird ja wohl auch ohne mich gehen. Wir werden das alles später nachholen.

Herzliche Grüße Euch allen, besonders Dir und Lotte, Dein Willy

Lager 7270/1, Pfingsten 49

Liebe Mutter!

Wir haben hier das rechte Pfingstwetter, dazu langen Schichtwechsel. Da wir hier keinen Pfingstausflug machen können, wie Ihr vermutlich, ist eine gute Zeit zum Schreiben. Hoffentlich kommt die Karte als Geburtstagsgruß noch einigermaßen zurecht! Ich wünsche Dir alles Gute, vor allem natürlich, daß Du keinen mehr ohne Deinen Sohn begehen mußt! Mir geht es gesundheitlich gut. Wir hoffen alle sehr, daß wir nicht noch einen Winter hier verleben müssen! Augenblicklich plagen uns zwar die Schnaken sehr, aber im Winter ist doch alles viel schwerer. Ich hatte gehofft, Heinz Becker aus Herdecke hätte sich nicht nur brieflich, sondern auch persönlich bei Euch gemeldet, denn der könnte ganz ausführlich von meiner Tätigkeit berichten. Er hat ja häufiger geholfen. Ob ich wohl bald wieder Post von Gisela erhalte? Grüße alle meine Lieben recht herzlich, besonders aber Lotte, ich muß viel an sie denken jetzt. Lenis Karte kam am 26.05.

Herzlichst Dein Willy

Lager 7270/1, 06.06.49

Meine liebe Heti!

Bis zum Abendessen ist noch 1/2 Stunde Zeit, da will ich den Brief an Dich zum mindesten schon anfangen. Ob er in der nächsten Woche fertig wird, ist noch fraglich, da heute die Nachtschicht beginnt, und da hat man zu allen Nebenbeschäftigungen keine große Lust.

Daß die Kameraden, die es mir versprochen hatten, sich bei Dir zu melden, Wort gehalten haben, freut mich. Ich hoffe, daß Heinz Becker aus Herdecke noch persönlich dagewesen ist. Er könnte Dir eingehend über meine jetzige Tätigkeit berichten. Er hat häufiger dabei geholfen.

Mir geht es gesundheitlich und auch sonst so gut wie noch nie in der Gefangenschaft, wenn auch die Arbeit nicht leicht ist. Ich kann mir jetzt doch so manches nebenher leisten. An Brot habe ich keinen Mangel. Gestern Abend haben wir zum langen Schichtwechsel im Rahmen der Brigade wieder ein gemütliches Zusammensitzen gehabt. Dazu hatten wir uns 1/2 Liter Dickmilch angesetzt und Tee kochen lassen. Es war recht gemütlich. Wir wollen nur hoffen, daß uns ein nochmaliger Winter hier erspart bleibt. Mir ist es zwar gesundheitlich recht gut gegangen im letzten Winter, aber im Sommer ist doch alles viel leichter. Wir verfolgen immer aufmerksam die Meldungen über die Heimkehrzahlen. Augenblicklich rollt es ja ganz munter, sodaß wir hoffen können, auch bald dabei zu sein.

11.06.

Heute habe ich Freischicht. Da soll der Brief fertig werden. Mittlerweile kam das schöne Schulbild von Jürgen an. Die Kameraden meinen, er hätte viel Ähnlichkeit mit mir. Na, wenigstens ist er gut im Futter. Ich schicke Giselas ersten Brief mit zurück, da ich ihn gern aufbewahren möchte. Hoffentlich kommt er durch. Die wichtige Nachricht von Willi, daß das Bier wieder 8 % hat, hat hier große Freude hervorgerufen. Vielleicht steigt der Gehalt noch weiter bis ich komme!

Grüß alle meine Lieben und die alten Freunde. Einen besonderen Gruß für Lotte. Ich denke in diesen Tagen viel an Sie.

Herzlichst dein Willy

Lager 7270/1, 19.09.49,

Meine Liebe,

gestern hat es endlich wieder eine Karte gegeben, also wird es doch noch etwas dauern, bis wir mit der Heimkehr an der Reihe sind. Da wir heute langen Schichtwechsel haben, will ich Dir auch gleich schreiben, denn seit der letzten Karte sind zwei Monate vergangen. Inzwischen dürfte ja W. Lange von mir eingehend berichtet haben. Bei uns hat sich seither noch nichts Wesentliches geändert. Sogar das Wetter hält sich erstaunlicherweise immer noch. Nur nachts ist es schon recht kalt. Wie es mit der Entlassung aussieht, darüber kann ich nichts sagen. Unsere Hoffnungen stützen sich ja lediglich auf die Heimkehrermeldungen in den Zeitungen, und die habt Ihr ja eher als wir. Im Übrigen bin ich gesund und habe mein altes Gewicht wieder.

Herzliche grüße Euch allen, Dein Willy

Nach diesem Brief gibt es eine Unterbrechung der Kommunikation. Die nächste Post aus Russland datiert erst wieder vom 16.11.1950.

In diesem Jahr nahm die Gefangenschaft für viele eine dramatische, schicksalshafte Wendung, welche die abrupte Unterbrechung der Kommunikationswege erklärbar macht. Die bis dato noch verbliebenen Kriegsgefangenen, also auch mein Vater, wurden gemäß eines Urteils:

»Im Namen der Union der Sozialistischen Sowjetrepublik« im Dezember 1949 zu

»25 Jahren Einschließung im Besserungsarbeitslager« verurteilt.

Ein Auszug aus dem Original dieses Urteils liegt vor.

Dies bedeutete für meinen Vater und viele andere eine Verlegung nach Sibirien, in diesem Fall in ein Arbeitslager in der Nähe von Swertlowsk.

Mein Vater hat nie über seine große Verzweiflung, die ihn angesichts dieses niederschmetternden Urteils ergriffen haben mußte, erzählt.

Dennoch trat mit diesem Ereignis zum Glück auch eine Verbesserung ein, insofern, dass die Gefangenen Pakete von ihren Angehörigen empfangen konnten.

(Alle Briefe, die bis Ende 49 bei meinem Vater angekommen waren, sind bei dieser großen Umstellung verloren gegangen.)

Urteil 49

Soest, 15.07.1950. Noch in das Lager 7270/1, die Karte wurde wohl in das neue Lager 7476/3 nachgesandt.
Mein lieber Willy!

Nun bist Du wieder an Deinem Geburtstag allein gewesen, und wir konnten nur in Gedanken bei Dir sein. Ich habe Dir einen schönen Blumenstrauß auf Deinen Schreibtisch gestellt, und die Kinder haben ein Stück Kuchen bekommen, sie sollten doch merken, daß ihr Papa Geburtstag hat. Dann haben wir Dir ein Paket gepackt, ich hoffe sehr, Du bekommst es bald! 5 kg darf man nur schicken und keinen Brief beilegen. Hoffentlich hast Du heute ein wenig Freude gehabt! Ach, ich denke so manches Mal, wenn die Menschen, die es ändern könnten, wüßten, wie sehr wir uns nach Dir sehnen, sie würden Dich heimschicken!

Ach, bleib nur gesund und denke immer an uns, da wir Dich so nötig haben!

In aller Liebe, Deine Hedwig

Soest, den 7/4. 51
Unserm lieben Papa mit vielen Grüßen

viele Grüße von Deiner Gisela

Auch deine Ferdi.

und er soll doch bald nach Hause kom
men Dein Jürgen und Heinz.

Soest auf Grußkarte

Lager 7476/3, 16.11.50,

Meine liebe Heti!

Wir haben endlich wieder Schreiberlaubnis erhalten.

Meine Karte aus dem letzten Lager wirst Du wohl nicht mehr bekommen haben.

Deine vier Pakete habe ich ziemlich unbeschädigt erhalten, ebenso die Post bis dahin. Ich habe mich über alles mächtig gefreut, am meisten über die Strümpfe! Liesels Weihnachtspaket war der erste Heimatgruß in der neuen Situation. Recht herzlichen Dank für alles!

Hier wird es wohl einen harten Winter geben, aber ich bin gesund, überhaupt in guter körperlicher Verfassung. Schreib mir recht viel über unsere Trabanten. Wie geht es Mutter? Wie entwickelt sich mein Patenjunge? *(Lottes Sohn Ulrik, geb. am 18.06.).*

Was macht die Arbeit? Wenn die Aussichten auch trübe sind, wir lassen die Nase nicht hängen!! Ich hoffe, das tut Ihr auch nicht!

Herzliche Grüße Euch allen, immer Dein Willy.

Wiesbaden, den 17.11.50

Liebe Frau Rohlfing!

Haben Sie in der Zwischenzeit mal wieder etwas von Ihrem Mann gehört? Ich habe keinerlei Nachricht, auch nicht von Heimkehrern. Einliegend sende ich Ihnen einen Ausschnitt aus einer Kölner Zeitung, die mir dieser Tage in die Hände fiel. Ich habe dahin geschrieben und warte auf Antwort. Sie teilen mit mir das gleiche Los und wissen auch um die Sorge und die Frage, die man sich immer wieder stellt: wie mag es unseren Männern gehen, und wie überstehen sie diese schwere Zeit?

Im Oktober war ich bei einem Hellseher, früher habe ich solche Stellen nicht aufgesucht, aber die Sorge läßt einem keine Ruhe. Ich mußte ein Bild meines Mannes mitbringen. Er sagte mir, daß es meinem Mann gut gehe, im November sei für ihn eine gute Zeit, und im März 1951 würde er heimkommen. Post würde ich in diesem Jahr nicht mehr bekommen. Er machte auf mich einen glaubhaften Eindruck, er wird in schwierigen Fällen auch von der Polizei zu Rate gezogen. Eine Gebühr brauchte ich nicht zu zahlen, da es für einen Kriegsgefangenen sei, und in solchen Fällen wolle er keine Bezahlung haben. Ich muß sagen, daß mir das wieder Hoffnung gegeben hat, und ich daran glaube.

Pakete habe ich keine mehr geschickt, da das letzte im Sommer als nicht zulässig zurückkam. Es grüßt Sie herzlich, Ihre Anni Köhnemann.

28.11.50,
an Frau Elise Rohlfing, Abs.: Ev. Hilfswerk für Internierte und Kriegsgefangene

Sehr geehrte Frau Rohlfing,

Ihre sorgenvolle Zuschrift vom 15.11.50 haben wir dankend erhalten. Wir fühlen mit Ihnen, wie schwer die Ungewißheit um Ihren lieben Sohn auf Ihnen und Ihrer Schwiegertochter lastet. Wir sind gerne bereit, Ihnen mit unserem Rat zur Seite zu stehen, um dieses furchtbare Schicksal unserer zurückgehaltenen Männer tragen zu helfen.

Leider mußten wir feststellen, daß Ihr Sohn bisher nur durch Heimkehrer bei uns registriert war, und uns Ihre Anschrift bisher nicht bekannt war. Mit dem heutigen Tag haben wir Ihren Sohn in unserer Kartei aufgenommen und bitten Sie, beiliegende Personalkarte ausgefüllt zurückzusenden.

Der größte Teil der zurückgehaltenen Kriegsgefangenen des Lagers Borowitschi befindet sich heute noch im Lager. Wir empfehlen Ihnen daher, mit beiliegenden Karten weiter unter der Lagernummer 7170/1 zu schreiben, obwohl Sie zur Zeit nicht mit einer Antwort rechnen können. Wir wissen, wie schwer es ist, zu schreiben, ohne ein Echo zu finden! Trotzdem schreiben Sie! …

Auch wir werden versuchen, Ihrem Sohn ein Paket zu schicken. Allerdings bestand für das Lager 7270 bisher wenig Aussicht, daß diese ihren Empfänger erreichen, jedoch wollen wir es immer wieder versuchen.

Möge Gottes Segen auf unseren Bestrebungen ruhen und unsere Lieben bald in die Heimat führen……

Soest, den 30.11.1950

Mein lieber Sohn!

Wir senden Dir alle herzliche Weihnachtsgrüße. Wir glauben, daß es Dir gut geht und hoffen, daß Du doch bald zu uns kommen kannst. Wir sehnen uns so sehr nach Dir; umgekehrt wird es auch bei Dir sein.

Wir sind alle gesund, herzliche Grüße senden Dir, unserem einziger Sohn,

Dein Vater und Deine Mutter.

CCCR Lager II/M 7476/3, 03.12.50,

Meine liebe Heti!

Vor allem meinen beiden Töchtern recht herzliche Glückwünsche zum Geburtstage. Ich hoffe, sie sind immer fröhlich und brav und werden ihren Papa doch eines Tages wiedersehen!

Von mir kann ich nichts Wesentliches berichten. Gesundheitlich geht es mir nachwievor sehr gut, trotz des sibirischen Winters. Unsere Hoffnung auf baldige Heimkehr ist wieder einmal auf dem Nullpunkt, aber trotzdem werden wir den Kopf nie hängen lassen! Auch uns wird die Sonne wieder scheinen! Wenn Du mir einmal ein Paket schicken kannst, so schicke mir doch bitte einen stabilen Taschenkamm mit. Schreib mir vor allem, was die Kinder treiben, was in der Werkstatt los ist, und wie es Euch allen geht, auch in Meerbeck und Attendorn. *(Verwandtschaft).* Dich grüßt in alter Liebe, Dein Willy.

Lager 7476/3, 17.12.50

Liebe Mutter!

Wir dürfen jetzt zweimal im Monat schreiben, zwei Karten und ein Paket empfangen. Wenn wir nur wüßten, ob Ihr die Post auch erhaltet. Ein bißchen hatten wir ja gehofft, es würde zu Weihnachten Pakete geben. Na, vielleicht wird es ja noch etwas damit. Der Winter soll hier ja hart werden, aber wir sind gut mit Winterkleidung versehen. Nur warme Strümpfe und ein Halstuch für sonntags könnte ich gut gebrauchen. Im Übrigen bin ich gesund und, soweit die Umstände erlauben, guten Mutes. Ich mache mir häufig Gedanken, ob Ihr auch noch alle bei guter Gesundheit seid. Es ist schwer für mich, daß ich all die Jahre hier sitzen muß, und Dir und Vater die Sorge für Hedwig und die Kinder überlassen muß. Ich bin nur froh, daß sie bei Euch sind. Halte Du Dich nur aufrecht, daß wir uns einmal bei guter Gesundheit wiedersehen können.

Grüß mir meine Trabanten, Vater und alle Lieben, Dein Sohn Willy.

Soest, den 29.12.1950

Mein lieber Sohn!

Es ist heute der 29.12., Weihnachten liegt hinter uns,

traurigen Herzens haben wir an Dich gedacht. Wir hoffen aber immer, daß Du doch bald zu uns kommen darfst. Deine Kinder sind gesund, mit ihnen Hedwig, sie konnten sich sehr zu Weihnachten freuen. Dein alter Vater muß liegen oder im Sessel sitzen. Er hat sich an Giselas Geburtstag den Fuß gebrochen.

Wir grüßen Dich alle herzlich, Deine Mutter.

Soest, den 02.01.51

Mein lieber Willy!

Der erste Gruß im neuen Jahr, den wir erhielten, war Deine Karte. Ach, war ich froh, als ich Deine Handschrift wiedersah! Wollen wir es als gutes Zeichen ansehen, daß Dich dieses Jahr auch endlich selbst nach Hause bringt! Wir haben Dir sieben oder acht Weihnachtspakete geschickt! Ein Wäschepaket, alles noch nach der alten Adresse! Hier ist alles unverändert. Vater hat sich vor 14 Tagen den Fuß gebrochen und sitzt ein bißchen verdattert und unglücklich im Lehnsessel, sonst ist alles gesund. Arbeit haben wir nachwievor sehr viel. Wegen der Kinder schreibe ich Dir einen Brief. Paket geht auch noch diese Woche ab. Hoffentlich kannst Du jetzt häufiger schreiben, das Rote Kreuz gab Nachricht, daß Ihr alle 14 Tage schreiben dürftet. Was soll ich Dir denn schicken? Bleib nur gesund! Wenn nur der schreckliche Winter erst vorbei wäre.

Mit den herzlichsten Grüßen von uns allen, Deine Heti.

Soest, den 03.01.51

Lieber Papa.

Wir haben uns sehr gefreut, daß Du uns eine Karte geschickt hast. Am ersten Morgen im neuen Jahr kam sie an, wir lagen noch alle im Bett. Wir waren sehr froh, endlich nach einem Jahr wieder eine Karte von Dir zu bekommen! Hast Du denn auch schön Weihnachten gefeiert? Wir hatten Dir auch Pakete geschickt, die hast Du jetzt vielleicht auch schon bekommen. Vielleicht kommst Du aber auch bald nach Hause, wenn Du jetzt schon wieder schreibst! Diese Weihnachten haben wir noch ohne Dich feiern müssen. Nächste Weihnachten bist Du doch sicher bei uns, dann wird der Heiligabend viel, viel schöner. Ich habe ein gutes Zeugnis bekommen. In Mathematik habe ich gut. In Deutsch und Englisch befriedigend. Herzliche Grüße und frohe Ostern, Deine Gisela.

Soest, den 14.01.51

Lieber Kamerad Willy Rohlfing!

Heute hatten wir lieben Besuch. Deine Frau mit Gisela und Heidi waren hier. Wir haben viel von Dir gesprochen. Vor allen Dingen freut es uns, daß es Dir gesundheitlich gut geht, und wir endlich wieder von Dir hören können! Eine neue Hoffnung ist aufgestiegen. Deiner Familie geht es gut. Große Sorge brauchst Du nicht zu haben. Auch bei uns ist alles in Ordnung. Ich habe mich in meiner alten Stelle wieder vollkommen eingearbeitet. Im Übrigen geht es allgemein wieder aufwärts, Du wirst einmal staunen, wenn Du das liebe Soest wiedersiehst! Hoffentlich liegt der Tag nicht mehr in allzu weiter Ferne!

Für heute alles Gute und die herzlichsten Grüße auch von meiner Frau,

Dein Wolfgang Lange. *(ein Freund aus der Schulzeit)*

Soest, den15.01.51

Lieber Willy!

Gestern am Sonntag hatten wir Deine beiden Söhne zum Kaffee eingeladen, weil die drei Damen zu Langes gingen. Außerdem waren Gisela und Heidi an Neujahr bei uns zu Gast, und dann paßt Heinz genau auf, daß er auch bald dran ist. Dafür hilft er dann aber mittags schon beim Bohnern der Küche. Es ist überhaupt eine Leidenschaft von ihm, Besorgungen zu machen. Ulrik liebt Deine Vier, wie auch Meyers Jungens, und sie sind alle immer sehr lieb mit ihm. Er weiß das auch schon ganz genau zu nützen. Du kannst Dir denken, wie glücklich wir über ihn sind, nachdem es erst so aussah, als wenn es gar nichts werden sollte. Was so ein Menschlein einem bedeuten kann, weiß man ja erst, wenn es da ist. Ich kann mir denken, wie sehr Du Dich nach Deiner Familie sehnst, Du hättest auch viel Fraude an Deinen Trabanten, es sind alles hübsche und liebe Kinder, besonders Heidi ist ein reizendes Persönchen! Eben kommt sie aus der Schule und hat 0 Fehler im Diktat. Du bist ja nun sehr weit von uns, aber wie hoffen, daß Dich unsere Post und Pakete auch dort in Sibirien erreichen, und einmal ein Zug zurückfährt! Lieber Willy, wir wünschen Dir von ganzem Herzen Gesundheit und Mut bis zu dem Tag der Heimkehr und grüßen Dich viele Male, Deine Schwester Lotte, Ludvig und Ulrick.

Soest, den 16.01.51 von Leni Meyer, Rathausstr.8

Lieber Willy,

wir senden Dir alle viele herzliche Grüße und hoffen, daß Du bei guter Gesundheit bist. Bei uns ist alles wohlauf. Hellmut wird am 11.03. konfirmiert. Wir haben gerade für 98,- DM einen Anzug mit langer Hose gekauft. Er ist ganz stolz, ist mir nun schon einige cm über den Kopf gewachsen, er liest mit Leidenschaft Wildwest und Kriminalromane und begeistert sich für Schlagermusik. Ansonsten spielt er gut Klavier. Gerhard spielt Geige, er ist unser ruhigstes Kind, was ihn nicht gehindert hat von einer Mauer zu fallen und einige Tage im Krankenhaus zu liegen mit leichter Gehirnerschütterung, und dies trotz einer eins im Turnen. Unser Wolfgang ist ein kleiner Wippstert. Die Schule macht ihm nicht so sehr viel Spaß. Lieber wirkt er im Hause, wenn sein Vater am Radio bastelt oder ich Hilfe gebrauchen kann. Wir suchen seit einiger Zeit eine neue Wohnung, da Willi beim Fernmeldebauamt Dortmund mit Sitz Soest beschäftigt ist. Er ist jeden Tag unterwegs von morgens bis zum Abend. Was natürlich sehr schwer ist bei drei Jungens. Herzliche Grüße, Deine Schwester Leni, Gruß Hellmut, Wolfgang, Gerhard und Dein Schwager Willi.

Soest, den 16.01.51

Mein lieber Willy!

Ich bin ganz untröstlich, seitdem ich weiß, wie noch viel weiter Du von uns fort bist! Ob Du wohl schon unter der Kälte leiden mußt? Ich habe Dir u.a. im November ein großes Wäschepaket geschickt, ob Du es erhalten hast? Diese Woche ist auch ein Paket abgegangen. Frau Bahnemann hat sich auch wieder gemeldet unter der alten Adresse. Ich bin froh, daß ich wieder eine Leidensgenossin hier in Soest habe. Wir treffen uns häufiger und trösten uns gegenseitig. Seit Hörstermann wieder zu

Hause ist, hatte ich ja niemanden mehr. Ich soll Dich auch von Frau Lüdecke herzlich grüßen. Wir haben im Übrigen wieder mehr Hoffnung, daß Ihr doch bald heimkommt! Die Kinder wollen von Ostern bis in den Sommer über wieder nach Eckweiler; aber ich meine, ich müßte hier auf Dich warten! Hier ist sonst alles gesund und munter. Ich habe Dir einen Brief geschrieben, nur über die Taten und Untaten deiner Kinder, da will ich es mir hier sparen. Bleibe Du nur gesund und der Alte, da wird alles eines Tages so kommen, wie wir es uns so sehr wünschen!

Herzliche Grüße, Deine Hedwig

Lager 7476/3, 18.01.51,

Liebe Mutter!

Soeben erhielt ich Dein schönes Weihnachtspaket als erste Post nach dem großen Umzug. Es wurde mir nachgeschickt, dadurch hat es etwas länger gedauert. Am meisten habe ich mich über die Strümpfe gefreut. Es war gut verpackt, sodaß alles unbeschädigt angekommen ist. Wohnst Du denn in der Rathausstraße? Über die Anschrift habe ich mich sehr gewundert. Wenn doch endlich wieder einmal Post kommen würde! Ich bin gesund und munter. Im letzten Lager wog ich 140 Pfund. Ich kann mir auch Einiges nebenbei kaufen. Jedenfalls habe ich genügend Brot.

Herzliche Grüße an alle Lieben, Dein Sohn Willy

Soest, den 21.01.51

Lieber Willy!

Als glückliches Zeichen wollen wir es ansehen, daß Dein erster Gruß nach so langer Zeit am Neujahrstag ankam. Ich war besonders stolz, daß mein bescheidenes Weihnachtspäckchen (von 1949) Dich erreicht hat. Leider bekam ich das Weihnachtspäckchen (von 1950) in den letzten Tagen zurück, ich hatte es an die alte Adresse geschickt. Meinen Eltern und Geschwistern geht es gut. Seit über einem Jahr arbeite ich am Versorgungsamt. Mein Bruder Heinz ist augenblicklich Referendar am Amtsgericht in Soest. Viel Freude habe ich immer an Deinen Vieren! Lieber Willy, ich hoffe, daß es Dir gut geht. Bleib schön gesund! Deine Schwägerin Liesel.

(Liesels Mann Heinz, der jüngere Bruder meines Vaters, fiel in Stalingrad).

Lager 7476/3, 28.01.51,

Meine liebe Heti!

Zwar habe ich selbst noch keine Post wieder bekommen, (Mutters Paket kam am 18.01., war aber noch in das letzte Lager adressiert), aber Kameraden haben schon Antwortkarten, sodaß wir wenigstens wissen, daß unsere Post durchgeht. Nun macht das Schreiben auch wieder Freude. Ich wiederhole noch einmal, daß ich, bis auf die letzte große Pause, alle Post, soweit ich das feststellen konnte, erhalten habe. Die letzte Karte habe ich an Mutter geschrieben. Wir erhalten jetzt eine Karte pro Monat. Schreib mir vor allem viel von den Kindern! Was ist in der Werkstatt los? Über unser ferneres Schicksal wissen wir gar nichts! Wir lassen aber den Mut niemals sinken! Einmal sehen wir uns wieder! Ich bin kerngesund. Herzlichst immer Dein Willy.

Mein lieber Willy,

gestern Abend war ich bis nach 12 Uhr bei Frau Lüdecke (ihr Mann ist auch in russ. Gefangenschaft). Ob Euch wohl die Ohren geklingelt haben? Die Pakete, die ich Dir nach Oktober geschickt habe, kommen jetzt zurück, wie schade! Wenn sich alles einmal etwas beruhigt hat, so hoffen wir sehr, daß auch Ihr bald nach Hause kommt! Frau Lüdecke hat schon eine Reihe Flaschen zurückgestellt. (Sie ist sehr fürs Trinken). Hier ist alles gesund. Gisela macht weiter gute Fortschritte in der Schule, sie hat in Mathematik Herrn Trockels, er fragt öfter nach Dir. Jürgen ist in seiner Klasse der weitaus beste Rechner, sagt Fräulein Fromme, seine Lehrerin, nur Aufsatz kann er schlecht bauen, er hat keine Phantasie. Heinz ist in der Schule noch alles ziemlich schnuppe. Diese Tage meinte er, er wüßte noch nicht so recht, was für eine Frau er nehmen sollte, sie müßte aber ein schönes Kleid anhaben und mollige Arme und Beine haben. Dein Sprössling! Bleib Du nur guten Mutes. Wenn es ginge, ich löste Dich gerne mal ab!

Deine Hedwig

Mein geliebter Sohn!

Das war für uns ein guter Anfang des Jahres 1951, als wir Deine Karte vom 16.11.50 erhielten, die erste seit dem 19.09.1949. Wie haben wir uns gefreut zu lesen, daß Du auch Post und Pakete von uns erhalten hast. Daß Du auch die Weihnachtsgeschenke erhältst, hoffen wir nun auch. Vater hat sich am 17.12., Giselas Geburtstag, den Fuß gebrochen und liegt nur. Morgen soll der Gipsverband abkommen, wenn alles in Ordnung ist, kriegt er einen Gehgips.

Mir geht es ganz gut, wenn ich nur Dich erst mal wieder hier hätte, so muß ich oft traurig sein. Wir haben sehr viel Arbeit und hätten Dich so gern hier. Mitterer (unser Altgeselle) ist im September gestorben, 74-jährig. Dein Opa lebt noch und wird am 19.02. 90 Jahre alt. Er ist noch ganz gesund, so wie Du ihn kennst. Bleibe auch Du gesund und hoffe auf die Heimkehr.

Wir grüßen Dich, Vater und Mutter.

Soest, den 31.01.51

Mein lieber Sohn!

Heute kam Deine Karte, am 03. Dezember geschrieben. Es ist uns ein Geschenk, wenn wir Worte von Dir lesen können. Hoffentlich bekommst Du auch von uns Post und hast die Weihnachtspakete erhalten. Wir versuchen es immer wieder. Am 19.02. wird Opa 90 Jahre alt und wir fahren dann mit unserem Ford Taunus hin. Vaters Fuß ist wieder in Ordnung. Sechs Wochen hat er im Sessel zugebracht. Ludvig und Lotte führten den großen Betrieb, es muß doch viel wieder heil werden. Deinen Fünfen geht es gut, der übrigen Familie auch.

In herzlicher Liebe grüßen Dich Vater und Mutter.

Lager 7476/3, 25.02.51

Lieber Vater!

Herzlichen Glückwunsch zu Deinem Geburtstag. Hoffentlich ist dein Fuß wieder ganz in Ordnung, daß Du ihn fröhlich begehen kannst! Ob Dir wieder ein Ständchen gebracht wird von Deinen Enkelkindern? Wie gerne würde ich mit Dir wieder einmal einen Dämmerschoppen machen, und wie gerne würde ich endlich mit Dir zusammen arbeiten! Es ist ja eine harte Schule, durch die wir gehen müssen; aber zupacken habe ich hier gelernt, auch mit Handsäge und Rauhbank, und sonst alles Mögliche was zum Bau gehört. Ich freue mich sehr, daß Ihr gut zu tun habt. Die Berichte von meinen Neffen Hellmut, Gerhard und Wolfgang haben mir Freude gemacht. Der angekündigte Brief über meine Gefolgschaft von Hedwig steht noch aus. Die letzte Post waren Karten von Leni, Lotte und W. Lange vom 15.01. Gestern kam ein schönes Paket von Hedwig vom 12.01. Zwei Pakete, mit der alten Anschrift, von Mutter und von Leni kamen Anfang Februar. Ich habe mich über alles sehr gefreut. Tut nicht zuviel des Guten, daß es Euch eine Last wird! Deutschen Tabak allerdings würde ich sehr begrüßen!

Herzliche Grüße an alle Lieben, Dein Willy.

Soest, den 07.04.51

Mein lieber Willy!

Gestern kam nach fünf Wochen endlich wieder Post von Dir, Deine Karte an Vater vom 25.02. Es fällt mir jedes Mal ein Stein vom Herzen. Den Winter hast Du ja nun auch mal wieder überstanden! Nun wollen wir weiter hoffen!! Gestern mußten die Kinder wieder zur Schule. Sie hatten ja alle vier gute Zeugnisse, Jürgen das beste von allen sieben Enkelkindern. Ich habe es Dir aber schon ausführlich geschrieben. Sonst gibt es hier nichts Neues, alles im Hause ist gesund. Gestern Abend war ich mit Frau Lüdecke im Kino (Heinz Rühmann in der Feuerzangenbowle), da konnte man mal wieder lachen. Ob es denn für uns irgendwann wieder ein Leben gibt, wo wir ohne

Sorgen und Gewissensnöte lachen können? Hast Du nicht die gleiche Arbeit wie zuletzt im Lager 7270? Arbeitest Du wieder in Vaters Handwerk? Es wäre mir eine große Beruhigung. Schreib nur immer, ob Du gesund bist, und wie es Dir geht. Ich habe immer schreckliche Angst um Dich! Herzlichst Deine Hedwig.

Ratingen, den 18.04.51 an Fam. Rohlfing, Soest.
Sehr geehrte Familie Rohlfing,

Darf ich Sie bitten, mir mitzuteilen, ob und wann Sie zuletzt Nachricht von Ihrem Angehörigen hatten, der sich noch in russischer Kriegsgefangenschaft im Lager 7476/3 (Swerdlowsk/Ural) befindet?

Ich frage deshalb bei Ihnen an, weil sich mein Mann seit dem vergangenen Jahr ebenfalls in diesem Lager befindet. Mein Mann war vorher, wie Ihr Angehöriger, im Lager 7270 (Borowitschi). Für eine Antwort wäre ich Ihnen sehr dankbar!

Mit bestem Gruß, Irmgard Siebeck

Soest, den 21.04.51
Mein lieber Willy,

heute müssen Eure Ohren geklingelt haben, denn wir haben viel von Euch gesprochen. Ob wir wohl Hoffnung haben dürfen, Euch bald wiederzusehen? Mit den herzlichsten Grüßen, Deine Hedwig.

Sehr geehrter Herr Rohlfing!

Ihnen und meinem Mann Otto senden wir mit besten Grüßen und dem einzigen Wunsch baldigster Heimkehr ein Stückchen Heimatluft,

Ihre Irmgard Siebeck

Soest, den 02.05.51

Mein lieber Willy!

Wir warten wieder sehr auf Post! Morgen wird Jürgen schon 10 Jahre, da wirst Du auch wieder besonders an uns denken. Augenblicklich ist wieder alles so schrecklich still; trotzdem hoffen wir, daß Ihr bald heimkommt! Mit dem Frühling kommt doch auch wieder mehr Hoffnung und Mut. Was wirst Du auch froh sein, daß der Winter vorbei ist! Uns geht es gesundheitlich allen gut. Die Kinder machen mir, außer, wenn sie mir mit zuviel Krach auf die Nerven fallen, keine Sorgen. Jürgen ist ein bißchen vorlaut, aber so sehr vernünftig. Heinz hat mir ja erst in der Schule ein wenig Sorgen gemacht; aber gestern traf ich seine Lehrerin, Frau Ziegert, sie meinte, er mache sich ganz prima, er wäre so ein sonniger Junge und mache ihr soviel Freude. Heidi wird ganz wie Lotte, sie setzt sich überall durch und behauptet sich. Gisela brauchte Dich wohl am Nötigsten, denke ich oft. Wie ich Dich brauche, wirst Du ja wissen!

Bleib nur gesund, Deine Hedwig.

Soest, den 17.05.51

Mein lieber Willy!

Morgen muß ich mal wieder ohne Dich meinen Geburtstag verbringen, mir ist recht traurig zumute. Ich wünschte mir nichts sehnlicher, als ein Lebenszeichen von Dir! Augenblicklich ist immer noch alles so ruhig, es kommt gar keine Post. Ob Du wieder das Lager gewechselt hast? Über Pfingsten war Ilse Turley hier, ihre Gegenwart tut mir immer gut. Am ersten Feiertag kam unverhofft auch noch meine Cousine Luise, sie ist jetzt als Diakonisse und Krankenschwester in Schwerte. So gingen mir die Tage schnell um. Die Kinder freuen sich auf morgen, seit Wochen sparen sie jeden Pfennig, um mir einen Schirm zu schenken. Vor Wochen hat Heinz mir das verraten, ich mußte es aber wieder vergessen. Von Mutter bekomme ich einen Kleiderstoff, ich durfte ihn heute aussuchen. Frau Eckardt, unsere gute Seele, die ja mit ihrer Tochter Ruth seit sie ausgebombt waren, bei uns im Hause wohnt, wird daraus ein Kleid nähen.

Ach, wenn mir doch mal mein größter Wunsch erfüllt würde!

In aller Liebe, Deine Hedwig.

Ratingen, den 18.06.51

Liebe, sehr geehrte Frau Rohlfing!

Es sind schon so lange Wochen her, seit ich in Soest bei Ihnen war, und wir von unseren Männern sprechen konnten. Ich warte so sehr auf Post! Dabei weiß ich fast, daß auch Sie keine neue Karte erhielten, sonst hätten Sie mir doch gewiß Nachricht gegeben. Bitte geben Sie mir doch ganz kurz Bescheid, wenn Ihr Gatte von sich hören läßt. Ich schreibe Ihnen ebenfalls sofort, wenn ich Näheres höre oder selbst Post erhalte.

Mit den besten Grüßen, die Sie auch Ihren werten Schwiegereltern übermitteln wollen, verbleibe ich, Ihre Irmgard Siebeck.

UDSSR, Lager 6118/II, 05.08.51

Meine liebe Heti!

Endlich kann ich Dir wieder schreiben! Ich hoffe, Ihr macht Euch nicht zuviel Sorgen, wenn auch die Post so unregelmäßig kommt! Ihr könnt Euch ja mit denen trösten, denen es auch nicht besser geht. Deine letzte Karte vom 17.05. kam am 22.06. Vielen Dank für Eure gemeinsame Karte vom 21.04. Über das Bild meiner Jungens habe ich mich besonders gefreut, weil sie so munter und frech aussehen; andererseits war ich doch sehr betrübt, weil ich nur den Jürgen wiedererkennen konnte. Wann bekomme ich denn ein Bild von meinen drei »Mädchen« und möglichst auch von den anderen allen, besonders von Vater und Mutter? Bilder nicht beschreiben, im Paket mitschicken ist möglich. Dein letztes Paket vom 01.06. mit der Pfeife kam am 29.06. an. Ich habe einen schönen Geburtstag gefeiert. Ich bin gesund und bleibe Dein alter Willy.

Lager 6118/II, 10.09.51

Meine liebe Heti!

Ich bin gesund, wir haben einen sehr schönen Sommer gehabt und haben immer noch nicht den Mut verloren! Sonst kann ich Dir nichts berichten! Post habe ich lange nicht gehabt. Die letzte war vom 17.05. Schreib keine Briefe, sie kommen nicht an. Deine letzten sehr schönen Pakete vom 01.06. und 12.07. kamen am 29.06. und 25.08. an. Recht vielen Dank, beide Pfeifen sind im Betrieb, ebenso die dicke Mettwurst. Nächsten Sonntag werden wir ein Kaffeetrinken zu Viert abhalten. Da ich den angesagten Brief über meine vier Trabanten nicht erhalten habe, mußt Du mir viel von ihnen schreiben. Ich nehme an, daß die Pakete alle von Dir sind, sonst bedanke Du Dich für mich, ich kann die Absender nicht erfahren. Herzliche Grüße Euch allen, auch an Ilse Turley, Dein Willy.

Brüder

Lager 6118/B, 06.10.51,

Meine Lieben!

Nun ist der Winter wieder da, aber ich bin gesund und
gemessen an den Umständen, munter und guten Mutes.

Post habe ich immer noch nicht. Die letzte vom 17.05. Aber die Pakete erhalten wir wohl ziemlich pünktlich. Über die Bilder von Dir und meinen vier Trabanten habe ich mich riesig gefreut. der stramme Hosenmatz ist ja wohl mein Patenjunge Ulrik. Vom Gesicht kann man leider nicht viel erkennen. Wo ist das Bild mit den Kindern aufgenommen? Beim letzten Paket, am 10.09. angekommen, war die Anschrift beschädigt. Bitte sorgfältig verpacken und 2. Anschrift einlegen. Der Kaffee ist wohlbehalten angekommen, die Marmelade war sehr gut. Ich hätte gerne einen Taschenspiegel. Grüße an Dich und alle Lieben, Dein Willy.

Soest, den 18.10.51

Mein lieber Willy!

Endlich, endlich kam wieder Post von Dir, nach einem halben Jahr! Die Doppelkarten 8 u. 9 blieben aus. Hier ist alles unverändert, die Kinder sind wohlauf. Heinz war betrübt, daß Du ihn nicht erkanntest. Heidi will wissen, ob Du sie denn noch kennst. Wir stellen uns immer vor, wie es ist, wenn Du heimkommst. Jürgen und Heinz wollen dann aber nicht zur Schule gehen. Pakete schicke ich regelmäßig, vorige Woche ist eins abgegangen, mit dickem, gestrickten Pullover, Trainingshose u.s.w. Liesel hat gestern eins abgeschickt, sie denkt viel an Dich. Ich wäre sehr froh, wenn Du schreiben würdest, was wir schicken sollen. Denke nur immer daran, daß Du frisch und gesund bleiben mußt, eines Tages bist Du doch zu Hause, und Du weißt, wie sehnsüchtig wir Dich erwarten und brauchen! Immer Deine Hedwig.

Lager 6118/B, 21.10.51,

Meine liebe Heti!

Ich habe zwar immer noch keine Post wieder bekommen, aber es ist doch gut, wenn wir regelmäßig von uns hören lassen können. Mir geht es nachwievor gesundheitlich gut. Könnt Ihr mir vielleicht einen stabilen Taschenspiegel und Kamm schicken? Über weitere Bilder würde ich mich sehr freuen. Auf welche Schule soll denn Jürgen Ostern gehen? Schreib mir nur immer viel über die Kinder. Ich würde auch gern auf dem Laufenden über die Werkstatt sein. Heute haben wir ein Familienfest mit Kaffee und Pudding begangen.

Grüß alle meine Lieben, besonders Mutter, Dein Willy

Soest, den 06.11.51

Mein lieber Willy!

Was sind wir immer glücklich, wenn eine Karte von Dir kommt! Diesmal besonders, weil auch die anderen gleichzeitig Post bekamen. Frau Lüdecke und ich haben dies gefeiert bis ein Uhr nachts. Wir haben überhaupt die große Hoffnung, daß Ihr bald heimkommt! Die Kinder basteln für Euch Weihnachtsschmuck. Alles ist gesund und munter. Die Kinder sind momentan außer Rand und Band, morgen beginnt die Kirmes in Soest. Die Jungens sind manchmal wild, besonders Heinz. Ich habe oftmals meine Not, daß er seine Schulaufgaben macht, aber er ist gut und lieb. Alle Leute mögen ihn gern, seine Lehrerin sagt, er ist goldig, er hat so einen trockenen Humor. Jürgen dagegen ist sehr vernünftig, was kaputt ist, macht er wieder fertig. Gisela schwebt nur immer in den Wolken, man sagt, das hätte sie von Dir. In der Schule kommt sie gut mit. Heidilein ist ein Besen und behauptet sich immer. Ich habe sie nach bestem Wissen und Gewissen erzogen und hoffe, sie machen Dir Freude. Hoffentlich bald. Herzliche Grüße, Deine Hedwig

Ratingen, den 28.11.51

Liebe Frau Rohlfing!

Ich wagte es ja kaum zu hoffen: soeben erhielt ich eine Karte meines Mannes vom 04.10. aus dem Lager 6118/B. Er scheint wieder bei der Masse derer aus Borowitschi zu sein. Übrigens schreibt er um einen Rechenschieber! Das freut mich besonders. Meine Pakete erhält er laufend. Ich hoffe ja sehr, daß Sie auch wieder Post haben! Bitte grüßen Sie Ihre werten Verwandten und auch Frau Lüdecke von mir. Recht herzliche Grüße, Ihre Irmgard Siebeck.

Soest, den 01.12.51

Mein lieber Willy!

Deine Karte vom 21.10. kam vorgestern. Heute fuhr Vater Ilse Lüdecke und mich nach Arnsberg, wir haben da einen netten Nachmittag mit Luise aus Altendorf verlebt. Ich habe Dir laufend geschrieben, ich hoffe, daß Du jetzt auch wieder Post bekommst! Pakete schicke ich Dir jeden Monat jeweils von 10 Pfund. Die Augustpakete hatte Mutter gepackt, da ich in Eckweiler war. Die Bilder von uns stammen ebenfalls aus Eckweiler. Hast Du den Pullover und die lange Hose bekommen? Zu Weihnachten müsstest Du 6 -7 Pakete erhalten. Ich bin immer glücklich, dass ich die Pakete schicken darf. Heinz Lehrerin erzählte mir gestern, er hätte ihr berichtet, dass sein Papa nicht mehr wüsste, wieviele Kinder wir hätten, auf ihr erstauntes: »Ach ja?« sagte er: »Ja, er hat geschrieben, von seinen Jungens hätte er ein Bild bekommen, er möchte nun noch eins von seinen <u>drei</u> Mädchen und wir haben doch nur zwei.« Ich hoffe zuversichtlich, dass Du weiter so gesund und munter bleibst wie bisher, vielleicht sehen wir uns doch bald wieder! Du weißt, immer Deine Hedwig.

Lager 6118/B, 21.12.51.

Meine Lieben!

Ich habe zwar seit der Karte vom 17.05 immer noch keine Post erhalten, aber ich kann Euch wenigstens wieder einmal schreiben. Eure Pakete, über die ich mich immer sehr freue, kommen anscheinend alle an. Die letzten vom September kamen im November, die von Oktober mit Pullover, Hose und Puschen zu Nikolaus. Es paßt alles gut, am Weihnachtsabend wird alles eingeweiht. Schickt mir nun man keine Bekleidung mehr, außer Socken. Lieber Fett, Wurst, Marmelade, Zucker, Süßigkeiten, Käse, Milch, Konserven, Rauchwaren-und Papier, Kaffee, Tee, außerdem womöglich Taschenspiegel, Esslöffel und Teelöffel und einen Zollstock. Und viele Bilder, auch Ansichtskarten von Soest und Ratingen. Das ist doch bei dem Fehlen der Post ein lieber Gruß.

Den Weihnachtsabend werden wir im kleinen Kreis begehen. Wir haben schon allerhand vorbereitet. Hoffentlich händigt man uns auch einige Kerzen aus. Das rechte Weihnachtswetter haben wir jedenfalls, viel Schnee und nicht zu kalt. Nochmals vielen Dank für Eure lieben Pakete, bestellt auch Liesel und Familie meinen Dank.

Hoffen wir auf ein besseres 1952. Ich bin gesund. Herzliche Grüße Euch allen, Euer Willy.

Meine liebe Heti!

Heute haben wir einen rechten Freudentag gehabt: wir brauchten nicht zur Arbeit, das Essen war gut, kleine Geschenke, weihnachtliche Musik und Lieder hatten uns weihnachtlich gestimmt. Dann kamen die Überraschungen: Pakete und Postkarten! Ich hatte auch ein Paket, Euer Weihnachtspaket, vermutlich vom November. Gestern Abend, als wir von früheren Weihnachten sprachen, sagte ich noch: »Wenn für mich ein Paket kommt, ist von meiner Mutter ein Stück Marzipan dabei.« Und heute war es da. Am meisten aber habe ich mich gefreut, vielmehr haben wir uns gefreut, über die prächtige Aufnahme von meinen Vieren! Es war nur schade um die schönen Kerzen, sie waren zerbrochen. Nun will ich nur hoffen, daß im alten Lager noch Post für mich ist. Wenn Ihr noch Zwetschgenmus einmacht, wie früher, könntet Ihr dann wohl einmal etwas davon schicken? Vor allem schickt mir Bilder, auch von Vater und Mutter. Grüß meine vier Trabanten und alle Lieben.

Hoffen wir auf das neue Jahr! Immer Dein Willy.

Soest, den 17.01.52

Mein lieber Willy!

Deine Karte vom 21.10. 51 war fast 12 Wochen unterwegs. Nun schicke ich Dir umgehend Kamm und Spiegel. Ich hoffe, daß Du jetzt auch von uns wieder Post hast, wir hatten von April bis Oktober keine. Es geht uns allen gut. Jürgen will ich diese Woche im Aldegrever Gymnasium bei Deinem alten Lehrer Dr. Schulte-Braucks anmelden. Was in der Werkstatt los ist, weiß ich nicht so genau, sie haben immer viel zu tun. Zu Weihnachten hat Jürgen eine Laubsäge bekommen. Da gibt es manchmal Streit, da Gisela auch damit arbeiten will. Heute haben wir das erste Mal Schneegestöber, Heinz ist selig. Du wirst den Schnee wohl leid sein. Wir haben viel Hoffnung für Euch, bleib nur munter und gesund. Du weißt ja, wie sehr wir auf Dich warten. Übrigens, wenn es Mitternacht von der Petrikirche 12 mal schlägt, bin ich immer ganz besonders bei Dir. Herzlichst Deine Hedwig. Gruß Deine Gisela, Gruß Dein Jürgen, Gruß Heinzchen, Heidi schläft schon.

München, den 22.02.52
Absender: Ev. Hilfswerk für Internierte Und Kriegsgefangene, Bischof Heckel.
Auszug aus Rundschreiben 10
Liebe Freunde!
Durch unseren Briefwechsel sind wir mit vielen von Ihnen in ständigem Gedankenaustausch. Mit Ihnen allen sind wir verbunden im Mittragen Ihrer Herzenssorge um die Lieben in russischer Gefangenschaft. Ich will Ihnen zunächst danken, für Ihre Segenswünsche und guten Worte, die Sie uns besonders zu Weihnachten und am Jahreswechsel schrieben, und die uns eine rechte Stärkung waren.
Nun möchten wir Sie wieder über die wichtigsten Tatsachen, Erkenntnisse und Beobachtungen unterrichten:

1. Kriegsgefangenen-Sonderkommission der UN

Von der Tagung dieser Kommission der Vereinten Nationen in Genf wissen Sie aus Presse und Rundfunk. Eine deutsche Regierungsdelegation hat das Namensmaterial über die deutschen Kriegs-und Zivilgefangenen vorgelegt, das auch durch unsere Mitwirkung erarbeitet wurde. Leider nahm die Sowjetunion an dieser Tagung nicht teil, sodaß sich für die Lösung des notvollen Kriegsgefangenenproblems keine augenblicklichen Folgerungen ergaben. Wichtig bleibt aber, daß die deutsche Kriegsgefangenenfrage vor allen Völkern der Welt dokumentiert werden konnte. Im Übrigen gehen die Bemühungen weiter.

Ich habe als Ihr Sprecher alle Nöte und Erwartungen zusammengefaßt und konkrete Vorschläge zur Lösung des Kriegsgefangenenproblems der Kommission durch meine ökumenischen Freunde dargelegt.

2. Moskaureise von Kirchenpräsident D. Niemöller:

Was die kirchenpolitische und politische Seite dieser Reise angeht, so ist das Sache des Rates der Ev. Kirche in Deutschland. Daß das Kriegsgefangenenproblem bei der Begegnung mit verschiedenen russischen Stellen angeschnitten wurde, ist durchaus zu begrüßen. Das Ergebnis dieser Bemühungen war leider unbefriedigend. Hoffentlich erfüllt sich noch die Erwartung, daß der Ministerrat der Sowjetunion sich erneut positiv mit dem Kriegsgefangenenproblem beschäftigt.

3. Paketbetreuung:

Zu unserer großen Freude kommen täglich Bestätigungen, daß unsere Pakete in den russischen Lagern ankom-

men. Da wir alle Pakete unter dem Absender der Angehörigen schicken, erkennen nicht immer alle Gefangenen,
daß die Gabe von uns kommt. Soweit Zuschüsse der Bun-
desregierung für den Paketversand verwendet werden, be-
teiligen sich daran alle caritativen Verbände (Rotes Kreuz,
Caritas, Arbeiterwohlfahrt und Ev. Hilfswerk)......

Lager 6118/B, 29.02.52

Meine Liebe!

Ich glaube, ich habe jetzt alle Eure Weihnachtspakete
erhalten. Die Plätzchen von Mutter und Schwester ließen nach Form und Gehalt ja gut erkennen, woher sie
stammten. Bohnen und Grünkohl stehen noch, ich habe
noch keine Kartoffeln. Daß Familie Klein immer noch
auf Ihren Sohn wartet, tut mir aufrichtig leid. Ich glaube
auch nicht, daß Aussicht besteht, daß er noch lebt. Wie
geht es Opa? Ich habe in letzter Zeit viel an ihn gedacht.
Grüß ihn besonders von mir, auch Tante Lieschen. Was
ich gern geschickt haben möchte, willst Du wissen? Nun:
Fleisch, Wurst, Fett, Marmelade (Pflaumenmus), Zucker,
Milch, Frischkonserven, Käse, Honig, Gebäck, Schokolade, Kaffee, Tee, Tabak, Zigaretten-Papier, Puddingpulver, Mondamin, Esslöffel, Teelöffel. So, nun hast Du ja
wohl Auswahl genug. (Ach, und Strümpfe). *Was sagt
denn nun Heintsch zu seinem Onkel? Ich bin ziemlich erschüttert. Der alte Professor dürfte wohl auch nicht gerade
begeistert sein.*Vermutlich eine verschlüsselte Nachricht.*

Die Bilder von Lotte mit Familie haben mir viel Freude
gemacht. Vater und Mutter sind aber leider schlecht zu
erkennen. Ich hoffe, ich kriege bald bessere, auch Ansichtskarten von Soest. Herzliche Grüße Euch allen, be-

sonders Vater zum Geburtstag, Dir und meinen Vieren.
Immer Dein Willy.

Lager 6118/D, 22.03.52

Meine liebe Heti!

Seit gestern ist hier der Frühling eingezogen, ganz programmgemäß. Wir sind sehr froh darüber. Wir sprechen viel davon, wie es jetzt zu Hause aussieht. Welche Blumen schon da sind, was im Garten gemacht wird. Zu Vaters Geburtstag kommt diese Karte wohl zu spät. Sag ihm nachträglich meine herzlichsten Glückwünsche. Gisela soll Dir zum 16. April an meiner Stelle einen schönen Blumenstrauß bringen. Kannst Du mir wohl eine Tasse schicken, aus der man Heißes trinken kann, die aber unterwegs nicht zerbricht? Vor einigen Tagen habe ich Mutters Grünkohl mit Speck, allerdings ohne Kartoffeln, gegessen. Das hat geschmeckt! Die Bohnen habe ich noch. Zu meinem Geburtstag hätte ich gern reichlich Kaffee und Puddingpulver und Bilder! Das Bild vom Soester Gloria ist immer noch das einzige, das ich von Soest habe.

In aller Liebe Euch allen herzliche Grüße, Dein Willy.

Lager 6118/D, 20.04.52,

Meine liebe Heti!

Gott sei Dank, heute regnet es zum ersten Mal in diesem Jahr. Hoffentlich kommt nun endlich der Sommer, den Frühling haben wir ja wohl verpaßt. Genau zum 16.04. kamen für mich auch wieder die ersten Pakete, gleich vier Stück. Es sah schon ziemlich trübe aus mit dem Feiern unseres Verlobungstages. So aber gab es ein großes Gelage. Ob Gisela Dir Blumen besorgt hat? Sag

Ihr nur früh genug, daß sie mich auch zu Deinem Geburtstag vertreten soll. Ebenso an Mutters Geburtstag. Ob Du mir einmal eine Büttner-Piepe schicken kannst? Und eine Büchse Fewa-Paral? Auf Mutters Apfelkonserve bin ich gespannt. Sie bleibt vorläufig noch in Reserve. Vielleicht kommt sie zum 26.04. dran. Hat Otto denn seine Bruchoperation gut überstanden, sodaß er wieder arbeiten gehen kann?

Hast Du meine Karte vom 29.02. noch erhalten? Schreib es mir, ich muß Dir gegebenenfalls Einiges noch einmal schreiben. Hoffentlich kriege ich bald wieder Post! Schreib mir doch einmal, wie Du finanziell fertig wirst. Immer Dein Willy.

Soest, den 22.04. 52

Mein lieber Willy!

Gestern, acht Tage nach Ostern, kam Deine Weihnachtskarte. Schön, daß Du Dich über unser Paket gefreut hast. Aber ich bin doch leicht geknickt, weil nämlich mein geliebter Mann gar nicht auf die Idee kommt, daß seine liebe Frau ihm auch Pullover stricken und Marzipan schicken kann! Bessere Dich! Hier ist alles gesund und munter, nur Lotte wartet sehr auf ihr kleines Mädchen, es sollte zu Ostern schon auf die Welt kommen. Heidi und Heinz wollen übrigens auch noch ein Baby haben, sogar Gisela meinte dieser Tage, sie glaubte, daß Du nichts dagegen hättest. Die Kinder gehen jetzt wieder in die Schule, Jürgen fängt nun mit Latein an, er hat Lehrer Jüsten, dieser fragte ihn sogleich nach Dir. Heidi ist jetzt im 3. Schuljahr und hat Fräulein Fromme. Ich hoffe sehr, daß ich Dich in diesem Jahr noch wiederhaben werde, bleibe nur gesund. Bestätige doch bitte alle Pakete, die Du bekommst. Von August Christfreund soll ich Dich herzlich grüßen, er besuchte mich letzten Sonntag. Herzlichst Deine Hedwig.

Soest, den 04.05.52

Mein lieber Willy!

Deine Karte habe ich schon ein paar Tage (v. 29.02.), bin aber durch diese aufregende Woche gar nicht zum Schreiben gekommen. Am Montag Mittag um zwei Uhr kam Ulriks Brüderchen unten an. Es sollte ja ein Mädchen sein, aber es war nun doch keins. Leni hat Ulrik in Verwahrung und ich spiele mal wieder mit einem kleinen Babychen, mache ihn alle vier Stunden fertig. Die Aufregung bei unseren Kindern war sehr groß. Als Heinz sich den kleinen Puck beguckte, meinte er: »Woher wußtet Ihr denn sofort, daß es ein Junge ist?« Er heißt übrigens Hans-Uwe. Jürgen hatte ja gestern Geburtstag, er hatte sich ein paar Jungen eingeladen. Ich glaube, in der Schule kommt er gut mit, er hat Lehrer Jüsten, Latein macht ihm Freude. Bei Kleins ist große Trauer, ob es wohl endgültig keine Hoffnung gibt? Habt Ihr denn wohl schon Frühling? Die Baumblüte ist hier vorbei. Morgen packe ich Dir auch ein Paket. Bist Du auch immer fröhlich und gesund? Mit dem Verstande begreifen kann ich nichts mehr; ich weiß nur, daß wir weiter da durch müssen! Mit vielen Grüßen und in aller Liebe, Deine Hedwig.

Lager 6118/D, 18.05.52,

Liebe Mutter!

Heute ist für mich Familiengedenktag. Eben habe ich

mit einigen guten Kameraden bei Kaffee, Pumpernickel und Schinken Hedwigs Geburtstag gefeiert. Nun wünsche ich Dir zu Deinem Geburtstag alles Gute: Vor allem Gesundheit und Lebensmut, daß Du Deinen Jungen einmal fröhlich wiedersehen kannst. Am 22.04. hatte ich endlich wieder Post, die Karte vom 17.01. Pakete hatte ich in letzter Zeit besonders viele, am 13.05. gleich fünf Stück auf einmal, darin auch Zollstock, Esslöffel und Teelöffel. Dafür Dir meinen besonderen Dank, ich war direkt gerührt, als ich das alte Besteck wiedersah. Die Bilder aus Soest haben mir viel Freude gemacht. Ich studiere sie immer wieder mit der Lupe. Das Viertel Soest Süd-Ost gefällt mir ja nicht besonders. Das Stück Brüderstraße kann ich nicht unterbringen. Was für eine Art Schule ist das Aldegrever-Gymnasium? Wo liegt es? Dir und allen meinen Lieben herzliche Grüße, Dein Sohn Willy. Ich bitte um Schnürsenkel.

Soest, 02.06., Pfingsten 1952

Mein lieber Sohn!

Gestern kam Deine Karte vom 22.03., sie war lange unterwegs. Freitag brachte Vater Deine Fünf zur Oma nach Neunkirchen (Siegerland), bis zum 09. sind Ferien, dann holt er sie wieder ab. Oben sind die Anstreicher, es wird schön gemacht. Weißt Du, daß am 28.04. Lottes zweiter Sohn Hans Uwe ankam? Bruder, Vettern und Kusinen hatten viel Freude darüber. Es ist ein kräftiger Junge, 9 Pfund, 57 cm lang, unser 9. Enkel, Opas 21. Urenkel. Leni wohnt im Klingelpoth, und Willi ist schon mit Verbesserung nach Meschede versetzt. Die vier Jungen sind bei Schulte- Braucks in der Schule. Gerhard und Jürgen werden leicht fertig, Hellmut und Wolfgang müssen tüchtig arbeiten. Gisela kann es gut, sie ist nur zu still und bescheiden, Heinz und Heidi sind wie Lotte.

Soest, Freiligradhaus

06.06. Vater und ich sind einige Tage nach Karlshafen gefahren. Es wurde behauptet, daß ich Erholung nötig hätte. Die Oberweser hatte ich noch nicht gesehen. Die gewünschte Tasse habe ich gekauft, auch Kaffeekännchen und Gelee. Deine Schwester wird es abschicken mit Anhängeschloss, Löffel usw. Wir haben viel zu tun im Betrieb, Du fehlst uns sehr. Vater hält sich stark bis Du wiederkommst. Wir geben die Hoffnung nicht auf. Ludvig und Lieselotte sind sehr fleißig. In großer Liebe, immer Deine alte Mutter und Dein junger Vater!

Soest, den 12.06.52

Mein lieber Willy!

Von unserer Pfingstreise sind wir Dienstag zurück gekommen. Deine Karte kam Pfingsten an. Mutter schickte mir sofort ein Telegramm. Heute habe ich Dir auch ein Paket gemacht mit der Tasse und Puddingpulver. Dein Geburtstagspaket ging vor 14 Tagen ab. Hoffentlich erhältst Du alles schön, dann hast Du doch auch ein wenig Freude! Wenn ich nur immer wüßte, daß Du gesund und guten Mutes bist!

Ich war auch ein paar Tage bei meiner alten Freundin Friedel in Banfe bei Laasphe. Sie hat es auch nicht gerade schön. Sie wohnt mit ihrer Familie in einem sogenannten Behelfsheim, und ihr Mann Werner ist doch ein trauriger Saufhans. Er hat inzwischen einen Bauch wie ein Bierfass. Friedel ist auch unnatürlich dick geworden. Nette Kinder hat sie aber, sie fand unsere auch sehr nett, besonders Heinz hatte es ihr angetan. Vater holte erst Gisela und Jürgen in Neunkirchen ab (sie hatten die Tage bei ihrer Oma-Neunkirchen verbracht), danach Heidi, Heinz und mich.

Vater und Mutter sind momentan in Karlshafen. Vater juckelt so gerne mit seinem Auto. Ich male mir immer aus, wie schön es wird, wenn Du uns fahren kannst. Jetzt sind 650 Heimkehrer angekommen, vielleicht kommt Ihr auch bald! Kannst Du Dir das Glück vorstellen? Bleib nur gesund! Herzlichst Deine Hedwig

Lager 6118/D, Juni 52

Meine liebe Hedwig!

Vorgestern kam Dein Paket mit Euren Bildern, dem Pflaumenmus und dem Schloss, vom 07.05. Die Bilder von Soest habe ich zu meinem Leidwesen nicht erhalten. Über Eure Bilder habe ich mich wieder besonders gefreut. Die Ähnlichkeit Giselas mit Dir hat mich geradezu gerührt. Man könnte glauben, es handelte sich um ein Kinderbild von Dir. Die Bilder von Mutter und Vater haben mich sehr beruhigt. Ich finde, sie sehen gut aus, nicht so sehr gealtert, wie ich es mir vorgestellt hatte. An welcher Stelle der Brüderstraße ist eigentlich Café Brechtmann? Ich komme mit dem Bild nicht klar. Waren die Häuser am Markt nicht beschädigt? Oder ist es ein altes Bild? Ich kann nicht die geringste Veränderung feststellen. Das Pflaumenmus werde ich bis zum 18.06. aufheben, damit ich Mutters Geburtstag anständig begehen kann. Denkt Gisela an den 09. August? Ich könnte gut etwas Zahnpasta gebrauchen. Ich bin gesund. Herzliche Grüße Euch allen, auch der getreuen Schwägerin Liesel, Dein Willy

Soest, den 22.06.52

Mein lieber Willy!

Diese Karte vom 20.04. kam zu Mutters Geburtstag

an. Ich habe ihr, wie Du es wünschtest, einen schönen Strauß Blumen besorgt mit der Karte »In Gedanken bei Dir, Dein Willy« (ich hatte es ausgeschnitten aus einer Karte). Sie hatte sie neben ihrer Tasse liegen. Ich habe gerade ein Paket abgeschickt, Du bekommst aber diese Woche noch die Pfeife und das Lausezeug. Irmgard Siebeck schickt es auch, sie ist nun beruhigt, sie wußte ja gar nicht, was ihrem Otto fehlte. Übrigens soll ich Dich grüßen von Agnes aus Oestinghausen. Es sind wieder viele Heimkehrer gekommen. Wir hoffen, daß auch Ihr bald an der Reihe seid, achtet nur auf Euch und bleibt gesund, wir halten sonst hier auch nicht durch. Eure Karten sind unsere Hoffnung. Wir sind alle gesund. Petersens haben am 05.07. Taufe. Vetter Heinz-Rolf läßt sich wahrhaftig scheiden. Uropa geht es gut. Jürgen bringt gute Zeugnisse nach Hause, obwohl er schrecklich faul ist, er will zu Hause nichts tun. Mutter sagt, Du wärest auch so gewesen. Bleib der Alte! In aller Liebe, Deine Hedwig.

Soest, den 13.07.52

Mein lieber Sohn!

Gut, daß Du wenigstens die Pakete erhältst. Sie werden Dich stark erhalten und Dir, zwischen all den Sachen, von uns erzählen. Am 06.06. feierten wir die Taufe von Deinem Neffen Hans-Uwe, geb. am 28.04. Sein Bruder Ulrik und ich haben ja zusammen Geburtstag, am 18.06. Er wurde jetzt drei Jahre. Du bekommst bald Bilder von uns. Aldegrever-Gymnasium ist Deine frühere Schule, immer noch mit Schulte-Braucks an der Spitze. Wolfgang ist wieder zurück zur Mittelschule, es wurde ihm zu schwer. Leni wollte keine Halbheit. Deine Vier sind wohl alle so wie früher meine. Sonst sind wir wohlauf. Es ist sehr viel Arbeit im Betrieb mit 45 Mann. Lieselotte hat einen jungen Mann im Büro zur Hilfe. Wenn Du nur bald kommen könntest; das ist unser einziger Wunsch. Bleibe nur ruhig und zufrieden, wir können nur warten; Du lebst, und so haben wir Hoffnung. Dein Opa ist auch noch munter mit seinen nun 91 Jahren und seinen 23 Urenkeln. Im nächsten Paket kommen Bilder.

Bleib gesund und denke an uns, Deine Mutter und Vater.

Lieber Willy, ich bin mit Wolfgang für eine Nacht zu Hause bei den Eltern. Willi ist mit Gerhard in Elberberg (bei Kassel) und Hellmut zur Tagung »Christlicher Pfadfinder.« Er tritt in die Fußstapfen von unserem Bruder Heinz, Deine Leni.

Auch von mir und meinen drei Männern, herzliche Grüße, Deine Lotte.

Lager 6118/D, 13.07.52,

Meine liebe Heti!

Vorgestern hatte ich seit langer Zeit endlich wieder Post; Mutters Karte vom 07.06. Vor allen Dingen herzlichen Glückwunsch für Lotte und die ganze Familie zur Geburt ihres Hans-Uwe. Ich hatte im Stillen schon öfter gedacht, nanu, wo ist denn der Klingelpoth, wo Leni jetzt wohnt? Eure Pakete habe ich wohl alle erhalten. Zuletzt das von Pfingsten mit Tasse, Schmorbraten, Kaffee usw. Ich betrachte es als Geburtstagspaket. Am Dienstagabend steigt natürlich bei uns ein kleines Fest.

15.07. Wir sitzen beim Geburtstagskaffee. Ich habe

heute früh einen sehr schönen Geburtstagstisch gehabt, und heute Abend als besondere Freude Dein Geburtstagspaket mit den Aufnahmen von Euch Fünfen am großen Teich und in der Rosenstraße. Ich hoffe, Ihr feiert heute auch ein bißchen. Ich finde, Vater und Mutter sehen gut aus. Kannst Du mir wohl einen Rasierpinsel schicken?

Herzliche Grüße Euch allen, Dein Willy

Rosenstr.

Eckweiler, den 14.08.52

Mein lieber Willy!

Wir sind nun schon acht Tage in Eckweiler. Die Kinder sind richtig ausgelassen. Onkel Willi gibt ihnen alles, was sie wollen. Vater hat uns mit dem Wagen hergebracht. Du kannst Dir denken, wie mir ums Herz ist. Ich denke immer, wie schön es wäre, wenn Du nun bei uns wärest! Aber einmal werden wir Dich auch wiederhaben! Ich habe manchmal nachts schreckliche Angstträume. Du wirst doch immer an uns denken? Wir sind alle gesund und munter und ich hoffe, daß Du es auch bist! Mutter will Dir jetzt das Paket machen, ich kriege es von hier nicht verschickt. Schreibe immer, was Du gerne hättest. Deine Cousine Evelyn hat am 30.08. Hochzeit. Die Brüderstraße ist schöner als sie war. Brechtmann ist gegenüber von Aecker. Der Markt sieht heute so aus wie auf dem Bild. Ich glaube nicht, daß Dir etwas fremd sein wird, wenn Du heimkommst

In der Werkstatt arbeiten sie jetzt übrigens mit 45 Mann.

Ich warte sehnsüchtig auf Dich. In aller Liebe, Deine Hedwig

Lager 6118/D, 17.08.52,

Meine liebe Heti!

Am 12.08. hatte ich wieder Post. Deine Karten vom 12.06. und 22.06. Da war die Freude wieder groß, besonders über Eure Reiselust im allgemeinen und die meines »jungen« Vaters im besonderen. Am meisten aber habe ich mich gefreut über die Nachricht von der Taufe bei Schwester Lotte. Die Nachricht über die Geburt meines jüngsten Neffen selber hatte mich zuerst nicht erreicht. Richte den Beiden bitte meinen besonderen Glückwunsch aus. Daß Agnes Mann so herzkrank ist, betrübt mich sehr. Hoffentlich hält er durch. Ich danke Dir für den Blumenstrauß zu Mutters Geburtstag. Auf meine Älteste kann ich mich ja zum 18.05. und 09.08. immer verlassen, nicht wahr, Gisela? Kannst Du Jürgen nicht Musikunterricht oder Zeichenunterricht geben lassen oder ihn zum Turnen schicken, damit er seine Aufgabe neben der Schule hat? Er soll seinem Direktor einen Gruß ausrichten. Ich denke gern an die Zeit, als er mein Lehrer war. Gestern kam Dein Paket mit dem Paralpulver, die Büttnerpfeife war leider nicht dabei. Schicke mir bitte einen Waschlappen und ein Stück Seife, keine Bekleidung. Herzliche Grüße, Dein Willy.

Sobernheim, den 04.09.52

Lieber Papa, lieber Willy!

Heidi und ich sind hier und kaufen für Onkel Willi ein. Wir haben 14 Tage Nachurlaub, weil die Kinderlähmung in Westfalen ist. Wir haben uns alle gut erholt hier. Die Kinder genießen die Freiheit. Heinz möchte so gerne einmal einen Winter hier bleiben und Schlitten fahren. Ja, wenn Du nur in Soest wärest, dann gingen wir auch wieder gern nach Hause. Ich denke, Opa kommt mit dem Wagen und holt uns. Was war ich froh, als am Samstag Deine Karte kam! Ich hoffe, daß Oma Dir Pakete geschickt hat, ich kann sie hier nicht los werden, ich müßte extra nach Bad Kreuznach. Bist Du noch gesund und munter? Nächstes Jahr holst Du uns hier ab!!

Lieber Papa! Ich wünsche mir so sehr, daß Du zu uns nach Hause kommst,

viele Grüße, Deine Heidi.

Lager 6118/D, 21.09.52

Meine liebe Hedwig!

Am 18.08. und 21.08. kam Eure rückständige Post, die mir viel von dem kleinen Hans-Uwe berichtete. Nochmals meine herzlichsten Glückwünsche, ich habe mich sehr gefreut. Sag man meinen Trabanten, das mit dem Brüderchen sollen sie sich mal aus dem Kopf schlagen. Es ist zwar sehr schön, wenn Ihr ohne mich fertig werdet, aber da möchte ich denn doch dabei sein. Daß ich mit dem Pullover so daneben gehauen habe, geht mir doch sehr nahe. Sei nicht böse, ich kann nur sagen, Du hast Dich gemacht. Machst Du auch Paradekopfkissen selber? Die Pakete mit dem Paralpulver, Schnürbändern, Schinken usw. habe ich erhalten. Am meisten gefreut habe ich mich über das prächtige Bild von den Großeltern mit ihrer Enkelschar. Der Hellmut ist ja schon ein großer Junge. Leider hat die Pfeife nicht beigelegen. Ich könnte sie jetzt gebrauchen, da Zigarettenpapier immer sehr knapp ist. Tabak kann ich auch viel gebrauchen. Die Erbsen und die Rouladen waren sauer, aber noch genießbar. Ist das Aldegrever-Gymnasium noch eine Oberrealschule? Wieso gibt es da Latein? Ist das Archigymnasium nicht mehr da? Daß es im Betrieb so gut geht, wie Mutter schreibt, freut mich sehr. Haltet mich einigermaßen auf dem Laufenden. Könnt Ihr mir ein Kochgeschirr besorgen? Seid alle recht herzlich gegrüßt, vor allem meine Vier und Mutter, immer Dein Willy.

Soest, den 24.09.52

Mein lieber Willy!

Wenn Post von Dir kommt, bin ich immer ein ganz anderer Mensch, dann meine ich gar nicht, daß ich Dich schon so lange nicht gesehen habe! Seit acht Tagen sind wir von unserer Reise zurück. Es läuft jetzt alles wieder im alten Geleise. Die Kinder haben sich gut erholt, alle vier haben dicke Backen gekriegt. Die letzten acht Tage war Onkel Jakob aus Krefeld da, der ist mit den Kindern viel gewandert. Er sagte mir, er hätte ja solche Freude mit den aufgeweckten Kindern gehabt, an allem wären sie interessiert. Vater hat uns wieder abgeholt. Gestern sind die beiden »Alten« wieder los, bis nach Bremerhafen wollen sie. Heinz-Rolf lebt in Scheidung, seine Schwester Evelyn hat geheiratet. Liesels Bruder Heinz Dietz heiratet Sonntag ganz überraschend eine vier Jahre ältere Witwe mit zwei Mädchen von 9 und 11 Jahren; noch nicht einmal schön soll sie sein. Tochter aus der Schwanenapotheke (gute Partie). Hoffentlich hören wir von Agnes Mann bald bessere Nachrichten. Bleib Du nur gesund. In Liebe, Deine Hedwig

Lager 6118/D,16.10.52, adressiert an Frau Hanni Holland*, Soest Rosenstraße 6
Meine Liebe!
Deine Karte aus Eckweiler habe ich erhalten, ebenso das Paket von Mutter mit den Bildern. Daß der Mann von Agnes nun doch seinem Herzleiden erlegen ist, tut mir sehr leid, richte ihr mein herzliches Beileid aus. Kümmerst Du Dich ein bißchen um Hanni? Sie hat ja nun so recht niemanden. Wenn es auch nach Frankfurt nicht weit ist, so ist Brückenau selbst doch nur klein, und sie ist fremd dort. Also schreib ihr einmal. Bei uns ist jetzt der Winter eingekehrt; aber die Hauptsache ist, ich bin bei bester Gesundheit. Ich hoffe, Ihr habt Euch in den Ferien gut erholt. Ich kann mir gut vorstellen, daß die Kinder von Onkel Willi sehr verwöhnt worden sind. War Heinz immer noch sein Liebling? Schreib mir nur recht viel,

wie die Kinder sich entwickeln, ich kann mir doch sonst gar kein Bild von Euch machen. Auch was sonst noch so in Soest passiert, interessiert mich immer. Herzlichen Geburtstagsglückwunsch an Lotte. Kannst Du mir eine Schachtel Nivea schicken?

Herzliche Grüße Euch allen, immer Dein Alter.

Absender, Hans Holland.

Ich erkläre mir die Anschrift, Frau Hanni Holland und die Unterschrift Hans Holland damit, dass die Gefangenen keine Namen von Mithäftlingen nennen durften, mein Vater aber mitteilen wollte, dass Hans Holland im selben Lager war, und meine Mutter sich um seine Frau Hanni kümmern sollte.

Auch »Agnes Mann« war wohl ein Mithäftling, der im Lager gestorben ist.

Soest, den 19.10.52

Mein lieber Willy!

Ich habe mich herzlich gefreut über Deine Karte vom 21.09., wir haben uns sogar ein wenig amüsiert. Daß Du die Pfeife immer noch nicht hast, tut mir so leid, glaub mir, es ist nicht meine Schuld. Schreibe mir man immer, ob das, was ich Dir schicke, recht ist, und was Dir am liebsten wäre. Jetzt müssen wir schon an das Weihnachtspaket denken. Wir hoffen mal wieder sehr auf Eure baldige Heimkehr. Dieser Tage war ein Vortrag im Radio: Männer in den Vierzigern sind es oft leid in ihrer Ehe und machen dann Seitensprünge; da kam mir in den Sinn, das braucht bei uns bestimmt nicht zu passieren, so wenig wie wir uns gesehen haben in unserer 10-jährigen Ehe. Verstehst Du, wie ich das meine?

Denk Dir, Karl-Georg ist pleite, hat alles verkaufen müssen und ist nun nach Braunschweig gegangen, um als angestellter Schneider zu arbeiten.

Das Aldegrever-Gymnasium ist Oberrealschule mit Latein. Das Archie-Gymnasium gibt es auch noch, mit Latein und Griechisch. Die Jungens sind schon lange im Soester Turnverein, Jürgen ist sogar in der Schule Vorturner. Wenn Du kommst, mache ich Dir natürlich auch ein Paradekissen!

Viele, viele Grüße, Deine Heidi, Heinz, Jürgen, Gisela und Deine Hedwig.

Lager 6118/D, 01.01.53

Meine liebe Heti!

Weihnachten ist Gott sei Dank wieder vorbei. Wir hatten einen schönen kleinen Weihnachtsbaum mit Lametta und Eurem selbst gebastelten Schmuck. Wir haben bei Kuchen, Kaffee und einem übervollen Teller mit Heimatgebäck zusammen gesessen und an Euch gedacht. Unter dem Baum standen Eure Bilder und die alte Karte von Liesel mit dem Soester Gloria. Vielen, vielen Dank für die schönen Pakete. Sehr viel Freude habe ich an der lieben Zeichnung von meiner Gisela, ich betrachte sie mir oft. Aber schickt kein Verbandszeug und keine Ansichtskarten mehr. Eßgeschirr und Löffel von Mutter habe ich erhalten; die Pfeife ist auch angekommen, war aber leider zerbrochen. Die Butter im Glas war einmal gut, einmal etwas angegangen, aber noch genießbar. Nun ist mir mein Zollstock zerbrochen, schickt mir bitte einen neuen. Auch Seife und Zahnpasta hätte ich gern. An Stelle von Butter schickt mir bitte Sanella.

Ich glaube, an die junge Frau von Heinz Dietz kann ich mich entsinnen. Meinen herzlichen Glückwunsch. Ebenso an Evelyn.

Dir, meinen Trabanten und allen Lieben herzliche Grüße, Dein Willy.

13.01.53

Liebe Frau Rohlfing,

vielen Dank für Ihre Karte, aber ich werde ja nicht richtig schlau daraus. Kennen Sie denn eine Frau Holland? Für die wird wohl auch der merkwürdige Text bestimmt sein. Wenn Sie nun gar nicht daraus schlau werden, dann schicken Sie mir doch mal die Karte. Mein Mann hat mir voriges Jahr, Ende Juli, eine ähnliche Karte geschrieben, die an eine Dame aus Wuppertal adressiert war, deren Schwager bei unseren Männern in Russland lebt. Vielleicht darf der Herr Holland nicht schreiben und Ihr Gatte hilft ihm so. Es ist natürlich nur eine Vermutung von mir. Von meinem Mann kam Freitag eine Karte vom 24.11. Er ist noch in Borowitschi, schreibt aber irgendwie traurig. Es ist ja klar, jetzt im Winter ist das Dasein dort ja auch schrecklich. Aber er bestätigt alle Pakete, (alle 10 Tage geht eins ab, immer mit 5 bis 8 Fotos). Er freut sich, wie er schreibt, besonders über die Bilder. Ich knipse buchstäblich die ganze Stadt, den Wald, neue Siedlungen, unser Haus, alle Familienmitglieder, alte Arbeiter von uns, das Grab meines im Juli verstorbenen Vaters, sodaß er richtig mitleben kann. Die Fotos füge ich dann unbeschriftet den Paketen bei, mein ärmster Mann muß dann in seinem Kopf kramen, wo dies und jenes ist. Er hat bis jetzt alles rausgefunden und das macht ihm viel Freude. Ich habe mir im März 52 selbst einen Fotoapparat gekauft. Es ist zwar alles in allem eine teure Sache, aber was tut man nicht alles im Laufe der Jahre und des ewigen Wartens.

Ob ich für 1953 hoffe? Ich weiß es nicht. Ich weiß nur, daß mir das Warten täglich schwerer wird. Sicher, die Anderen tun ja manches, aber im Endeffekt ist doch alles gleich Null. Die letzten Heimkehrer aus Swerdlowsk sind Österreicher, die gesagt haben, sie würden keine Angaben machen. Im Übrigen war ich enttäuscht, daß unsere Beiden nicht mehr zusammen sind. Ich las es im letzten Rundbrief. Ich glaube, sie waren gute Freunde.

Lassen Sie nur den Kopf nicht hängen. Sie haben wenigstens Kinder und wissen, wofür Sie gelebt haben. Stellen Sie sich vor, diese Warterei geht so weiter und ich bekomme keine Kinder mehr! Das wäre ein armes Leben. Ich mag nicht daran denken.

Ich sende Ihnen und Ihrer Familie recht herzliche Grüße, Ihre Irmgard Siebeck

Lager 6118/D, 08.02.53

Meine liebe Hedwig!

Letzten Sonntag kam endlich Deine Karte vom 05.12. Ich war sehr froh. Nun muß ich wohl wieder eine Zeitlang warten. Schreib mir doch einmal, wie Ihr jetzt wohnt. Du wohnst wohl wieder oben im Haus? Wohnt Leni nicht mehr in Soest? Wer wohnt denn in dem neuen Haus vor dem Tor? Daß Du meine Jungens in den Turnverein geschickt hast, hat mich sehr gefreut! Ob da noch alte Bekannte von mir sind? Lernt keins von den Kindern Klavier spielen? Läßt Irmgard Siebeck eigentlich noch von sich hören? Schreib mir ab und zu, was in Soest passiert, wenn es auch Unerfreuliches ist, wie das von Carl-Georg. Mutters Weihnachtspaket mit dem vielen Tabak, dem Marzipan und dem Bild von Euch Dreien kam am 08.01. Herzlichen Dank. Schick mir doch bitte noch eine Pfeife. Grüß alle meine Lieben. Ich bin bei bester Gesundheit. Immer Dein Willy.

Eltern

Lager 6118/D, 24.02.53

Lieber Vater!

Ich freue mich, daß ich schon wieder schreiben kann. So kann ich hoffen, daß es eine Geburtstagskarte für Dich wird. Ich wünsche Dir alles Gute, vor allem Gesundheit und die alte Frische. Daß ich hoffe, daß Du mit deinem Ältesten noch viele Jahre erleben wirst, ist ja selbstverständlich; wenn es auch in dieser Hinsicht augenblicklich recht trübe aussieht. Hast Du auf dem Bild von«Café Fromme« eigentlich wirklich bloß Kaffee getrunken? Die beiden Pakete von Mutter vom 27.11. und 09.01., und das von Hedwig vom 11.12. habe ich erhalten. Herzlichen Dank. Das Marzipanherz habe ich ganz alleine gegessen. Die Grütze von Opa hat nur zwei Abende vorgehalten. So gut hat sie geschmeckt! Schick mir doch bitte einen Zimmermannsbleistift.

Herzliche Grüße Euch allen, Dein Sohn Willy.

Soest, den 26.02.53

Mein lieber Willy!

Was war ich glücklich, als endlich, nach beinahe einem Vierteljahr, wieder Post von Dir kam. Ich war oft ganz verzweifelt, vor allem, wenn die anderen Bekannten Post bekamen, nur mit Tante Kitty aus Aachen konnte ich mich trösten. Hast Du die Nachricht bekommen, daß Gisela am 22.03. schon konfirmiert wird? Es ging nicht anders, weil in ihrer Klasse so viele ältere Mädchen von 15 und 16 Jahren sind. Ihr Vetter Gerhard hat auch gleichzeitig Konfirmation. So wird es bei uns ziemlich ruhig zugehen. Vielleicht kommt Ilse Turley. Ich fürchte mich vor dem Tag. Ich habe dies auch unserem Pastor gesagt. Er meinte, ich solle es Dir schreiben, Du hättest doch noch drei Kinder. Ich weiß auch überhaupt noch nicht, wie Du darüber eingestellt bist, daß ich die Kinder habe taufen lassen, ich habe es Dir ja schon häufiger geschrieben, aber Du hast nie darauf geantwortet. Vater hat jede Verantwortung Dir gegenüber übernommen, und ich sage mir ja immer, Du möchtest doch bestimmt Deinen Kindern keinen Schaden bereiten. Ich selber bin noch nicht wieder der Kirche beigetreten. Ich singe allerdings mit viel Freude im Kirchenchor. In der vorigen Woche besuchte mich Heinz Vogt aus Ampen, sein Vater ist gestorben, darum war er acht Tage zu Hause. Wir haben viel von Dir gesprochen, er beneidet Dich um Deine Jungens. Montag macht Heinz die Aufnahmeprüfung für das Aldegrever- Gymnasium. Ich bin ein bißchen besorgt, weil der Junge Bammel hat. Jürgen kennt sowas nicht, der ist ganz wie Du. Er hat oft so verblüffende Ähnlichkeiten mit Dir, toll! Diese Tage sagte mal sein Lehrer, er wäre mit weitem Vorsprung der beste Rechner in seiner Klasse. Bei den Schularbeiten ist er aber schrecklich faul und gleichgültig, er hat nur Bücher im Kopf. Morgen packe ich ein Paket mit Zollstock. Schreibe immer, ob Du auch ganz gesund bist. Einmal sehen wir uns wieder! Herzlichst Deine Hedwig.

Brückenau, den 04.03.53

Liebe Frau Rohlfing.

Recht herzlichen Dank für Ihren lieben Brief und die beiden Karten. Ich habe mich gefreut, daß Sie auch wieder Nachricht hatten. Meine ist immer noch vom November. Ich weiß nun noch gar nicht, ob unser Vati all die guten Pakete erhalten hat. Nein, wir nummerieren unsere Karten nicht. Aber man hört im Allgemeinen, daß nur wenig Post ankommt. Eine Frau aus Frankfurt schrieb, ihr Mann sei auch in 6118/D, sie habe seit September keine Post und fragte mich (sie hatte meine Anschrift vom Roten Kreuz), wie es bei mir stände.

Aber nun strahlt ja wieder ein Hoffnungsschimmer, denn Stalin liegt im Sterben, vielleicht ist er auch schon tot, wenn Sie meine Zeilen erhalten. Ach, vielleicht bringt Stalins Tod unseren Männern die Freiheit! Einmal muß doch das Schicksal mit uns Erbarmen haben! Es kann doch nicht so weiter gehen! Ich bin mit meinen Nerven vollkommen fertig. Nun, vielleicht bringt das Jahr 1953 eine glückliche Entscheidung. Nein, Nachwuchs möchte ich keinen mehr haben. Ich glaube, wir haben genug zu tun, wenn wir unseren »großen Jungen« gesund pflegen und verwöhnen. Und sollte es noch einmal Krieg geben, dann halte ich meinen Bär eisern fest und geb ihn nicht noch einmal her! Ja, mein Mann war auch ein großer Kindernarr, er wollte auch immer vier Kinder, aber schon beim Zweiten fing ich das Meckern an und erklärte ihm, daß das vollkommen genüge. Kinder kosten Geld, und an sich selbst braucht man gar nicht mehr zu denken. Wie meistern Sie dies alles?

Sind Sie und Ihre Lieben recht herzlich gegrüßt, Ihre Hanni Holland.

Auszug aus einem Rundbrief »Arbeitskreis der Heimkehrer und Kriegsgefangenen-Angehörigen des Lagers Borowitschi.«

Lager 6118/D (Degtiarka im Raume von Swerdlowsk an der europäisch-asiatischen Grenze): das Lager liegt auf europäischem, die Arbeitsplätze auf asiatischem Boden. Bauarbeiten mit Verdienstmöglichkeiten. Verpflegung nur ausreichend mit Pakethilfe. Gute Küche. Deutsche Lagerführung nicht beliebt. Ärztliche Versorgung vorhanden. Unterkünfte und Bekleidung warm, meist 50 Mann in einem Raum. Keine direkte Verbindung zu anderen Lagern. Keine Gottesdienste. Gesundheitszustand gut, Stimmung schwankend… Innerhalb des Lagers ist ein Teil mit Stacheldraht abgegrenzt. In diesem wohnen die fluchtverdächtigen Gefangenen. Die Bevölkerung dieser Gegend sind fast ausschließlich zwangsverschickte Russen. Verbindung mit diesen äußerst selten. Paketvergabe wie in anderen Lagern: alles Papier wird entfernt, Zigaretten werden lose, Schokolade nur in Staniolpapier ausgehändigt. Direkte Paketbestätigungen sind nicht erlaubt.

Lager

Für alle Lager im Raum Swerdlowsk gilt: die Lager sind mit einem dreifachen Stacheldrahtzaum umgeben. Außerdem ist jedes von einem 2 1/2 bis 3 m hohen, dichten

Palisadenzaun umschlossen. In den Lagern gibt es soge-
nannte Strafzüge, die allgemein 17. Zug genannt werden.
Die Kriegsgefangenen dieser Züge leben in den Lagern
wie die anderen auch, werden lediglich bei der Arbeit
strenger bewacht und nur an übersichtlichen Stellen und
häufig auch schwereren Arbeiten eingesetzt. In allen Lagern besteht die Möglichkeit, sich in der Küche die aus
der Heimat geschickten Produkte kochen zu lassen. Auch
das Backen von Kuchen ist möglich….

Lager 6118/D, 19.03.53

Meine liebe Hedwig!

Ich freue mich jedes Mal, wenn ich schreiben darf, denn
dann steigt die Aussicht, daß ich auch wieder einmal Post
erhalte. Ich kann ja nicht viel berichten, außer der Tatsache, daß ich nachwievor gesund bin. Jedenfalls habe
ich noch nie so viel gewogen, wie jetzt. Der Winter hält
leider noch immer unvermindert an. Dein Paket vom
17.01. habe ich am 10.03. erhalten. Vielen Dank. Das
Pflaumenmus habe ich gerade beim Wickel. Schickt bitte
keine Ansichtskarten mehr! Aber Fotographien könnt Ihr
nicht genug schicken. Dein Pullover hat sich bestens be-
währt. Aber die Trainingshose ist ziemlich hin. Vielleicht
kannst Du mir etwas blaue Stopfwolle schicken. Herzliche Grüße, Dein Willy.

Soest, den 01.04.53

Mein lieber Willy!

Was war das für eine Freude, als Deine beiden Kar
ten vom 08.02. und 24.02. diese Woche ankamen! Die
Konfirmation haben wir gut hinter uns. Onkel Jakob

aus Krefeld, mein Bruder Günter, meine Schwester Erna und meine Cousine Luise waren bei uns. Habe Dir heute ein Paket abgeschickt mit Pfeife und Bleistiften, sowie Bilder von der Konfirmation. Die Zeugnisse sind auch bestens ausgefallen. Leider ist Jürgens guter Lehrer Jüsten gestern beerdigt worden. Wir wohnen doch schon drei Jahre wieder oben. Eckardts haben unsere Schlafzimmer mit Küchenbenutzung, das ist nicht immer einfach. Nun besteht die Aussicht, daß sie dieses Jahr noch ausziehen. Ich habe jedoch die große Sorge, daß wir die Zimmer nicht bekommen werden. Wir wohnen doch sehr beengt, und ich hoffe ja immer, daß Du bald heimkommst. Die Veranda unten ist geschlossen worden, da hat Lotte ihr Schlafzimmer. In die frühere Rumpelkammer kam ein Fenster und die Tür zur Veranda; das ist Kinderzimmer. Vorne zur Straße sind die zwei Wohnzimmer. Die Küche haben die Eltern und Petersens gemeinsam. Klavier und Geige sind bei Meyers, Gisela und Jürgen spielen jetzt Flöte. Nun bleib weiter gesund und munter.

Herzlichst Deine Hedwig.

Lager 6118/D, 08.04.53

Meine liebe Heti!

Ich habe gerade viel Zeit, da will ich Deine Geburtstagskarte schon schreiben, wenn sie wohl auch erst später abgehen wird. Eben habe ich mir wieder einmal Eure Bilder und die Zeichnung von Gisela angesehen, und da kam mir die rechte Lust zum Schreiben. Ich wünsche Dir alles Gute zum Geburtstag, ein fröhliches Herz und artige Kinder. Ich hoffe, daß Gisela Dir von mir einen schönen Blumenstrauß gebracht hat. Hier ist seit einigen

Tagen ganz plötzlich der Frühling ausgebrochen. Wir sind sehr froh darüber. Zum Geburtstag wünsche ich mir ein Paket mit vielen Fotographien, Rauchwaren, Neskaffee und einem schönen Hemd für sonntags, aber bitte nicht zu amerikanisch. Vor allen Dingen hoffe ich natürlich, Post zu bekommen, aber das steht ja leider nicht in Deiner Hand. Besondere Grüße an Leni und ihre Gefolgschaft zu den vielen Geburtstagen. Herzliche Grüße Euch allen, Dein Willy.

Soest, den 15.04.53

Mein lieber Sohn!

Die Geburtstagskarte für Vater kam am 28.03. an; wir haben uns alle so gefreut, Vater am meisten. Es ist Samstagabend, ich sitze allein, Vater ist zum Skatspielen, Ludvig und Lotte zu einem Kulturabend. Willi und Leni kommen oft am Samstagabend, weil die Jungen dann länger aufbleiben dürfen; Gisela und Jürgen auch. Meyers wohnen schon 1 1/2 Jahre im Klingelpoth/Schäferkamp, es ist 1/2 Stunde zu Fuß. Vater bringt uns häufig mit dem Wagen hin oder zurück. Den Neubau an der Werkstatt haben wir verkauft, mit einem Stück Land bis zur Mitte, leider auch die schönen Obstbäume. Anschließend an unser Grundstück ist eine Siedlung der L.V.A. (Versorgungsamt), mit 40 Häusern gebaut. Unser Haupteingang ist zum Ölmüllerweg, dort haben wir zwei Morgen Land zugekauft. Das Grundstück ist jetzt nicht mehr lang sondern eher quadratisch. Lotte führt immer noch das Büro mit dem jungen Mann; Vater und Ludvig den Betrieb. Im Turnverein sind nur wenige, die Du kennst, Wolfgang Lange, Illermann und Severin.

Wir hoffen für Euch auf ein Wiedersehen, Vater und Mutter.

Lager 6118/D, 03.05.53

Liebe Mutter!

Meinen herzlichen Glückwunsch zum Geburtstag. Bleibe mir gesund. Ich denke, Deine Enkelkinder helfen Dir den Geburtstag fröhlich zu feiern! Vorgestern kam Hedwigs Karte vom 26.02. Ich freue mich, daß sie nun nach fast drei Monaten wieder wohlauf ist. So kann auch Tante Kitty*, da sie fast dasselbe Leiden hat, hoffen, daß auch sie bald wieder munter ist. Gefährlich ist es ja wohl nicht. Deine Pakete vom 24. 01. und 28.02., sowie das von Hedwig vom 03.03. und 30.03. habe ich erhalten. Herzlichen Dank. Ich erfreue mich eines ausgezeichneten Gesundheits-und Ernährungszustandes. Über die beiden Bilder von Lottes Kindern und meiner Lütten habe ich mich sehr gefreut. Sag bitte Hedwig, sie soll sich keine Gedanken machen, sie hat schon alles richtig gemacht, auch das mit der Kirche. Daß meine Heidi nun auch schon bald ein großes Mädchen sein soll, wie Hedwig schreibt, will mir gar nicht recht in den Kopf. Sie war doch noch so lütt, als ich sie das letzte Mal im Arm hatte.

Grüß alle meine Lieben, Dein Sohn Willy.

Dies ist wohl eine versteckte Nachricht an eine Frau Kitty D. in Aachen.

Soest, den 07.05.53.

Mein lieber Willy!

Einen Tag nach Jürgens Geburtstag kam Deine Karte vom 19.03. Heute habe ich ein Paket abgesandt. Hast Du unterdessen nach dem 19.03. ein Paket mit Trainingsanzug erhalten? Wenn nicht, schreibe mir bitte, ich schicke Dir noch eine Hose. Am Sonntag erhielt ich überraschenden, kurzen Besuch von Deinem alten Freund Schütte mit Frau. Ich soll Dich herzlich grüßen. Am 01. November ziehen Eckardts aus, ich hoffe nun doch, daß wir unsere Schlafzimmer wieder bekommen. Du glaubst nicht, wie sehr ich mich darüber freue. Nun wirst Du wohl auch bald kommen! Bleib nur weiter gesund und munter, werde mir nicht zu dick! Dein Sohn Heinz kam eben nach Hause.« Mama, in der Petrikirche war eine Hochzeit, die Gattin, die hat vielleicht geheult.« Ich fragte:« Wieso sagst Du denn Gattin?« Er: »Ja so heißen die doch, wenn sie verheiratet sind, aber wenn die jetzt schon so brüllt, geht sie doch bestimmt nachher wieder hin und läßt sich scheiden.« Ich sagte: »Sie war wohl nur aufgeregt.« Er fragte weiter: »Hast Du denn auch gebrüllt bei Deiner Hochzeit?« »Nein«, sagte ich: »Ich war nur froh, als ich Deinen Papa geheiratet habe.« Heinz antwortet etwas erstaunt: »War er denn so schön?« Vater hat heute sein 40. Jubiläum im Betrieb, aber er und Mutter sind gestern zur Beerdigung eines Bruders von Uropa nach Holtenhausen gefahren. Herzlichst Deine Hedwig.

Lager 6118/D, 02.06.53

Meine Liebe!

Grad an Deinem Geburtstag kam Dein Paket vom 01.04. mit den Bildern von Giselas Konfirmation. Da konnte ich so recht Familiengedenktag halten. Ich war etwas betrübt, weil ich nicht alle auf den Bildern erkannte. Was macht Günter? Haben er und Erna auch Kinder?

Mutters Pakete vom 20.03. und 20.04. habe ich erhalten, auch das mit den Schnürriemen und dem grünen Hemd. Herzlichen Dank für alles, vor allem für die schöne Pfeife. Daß ich meinen Dank immer nur so spärlich abstatten kann, bekümmert mich häufig. Meine Liebe, Gute, wenn ich nicht zu allem, was Du mir schreibst, Stellung nehme, so liegt das hauptsächlich am Platzmangel. Sei bitte überzeugt, ich glaube an Dich und Deine Haltung, immer Dein Willy. – Ich bitte um eine Seifenschale.

Soest, den 08.06.53.

Mein lieber Willy!

Dein Geburtstagspaket ist unterwegs. Mutter und ich hatten Dir zuerst ein schickes Popelinoberhemd gekauft; aber Vater schimpfte, und wir mußten es umtauschen. Es leuchtete mir ja auch ein, da Du das Hemd ja wohl nicht bügeln kannst. Einen schönen Trainingsanzug habe ich für Dich bestellt, der kommt mit der nächsten Sendung. Zu Deinem Geburtstag wünsche ich Dir und mir, daß der Hoffnungsschimmer am Horizont sich bald zu einem hellen, herrlichen Tag entwickeln möge!! Bleib nur gesund und guten Mutes. Hier ist alles wohlauf, die Kinder freuen sich schon sehr auf Eckweiler, da wollen wir wieder hin in den Sommerferien. Feiere schön Deinen Geburtstag und hoffen wir, daß wir den nächsten hier mit Dir feiern können! Herzlichst Deine Hedwig.

Lager 6118/D, 02.07.53

Meine liebe Heti!

Am 27.06. kam endlich wieder Post, die beiden Karten, die auch schon auf dem Hinweg zu Euch zusammen angelangt waren. Deine Schilderung der Wohnverhältnisse hat mich sehr interessiert. Ich war ganz überrascht, daß Eckardts noch im Hause wohnen. Das mit dem Neubau und dem Grundstück ist mir unklar. Ich kann mir alles nicht so recht vorstellen. Mutters Pakete vom 23.04., 19.05. und 02.06. habe ich erhalten. Herzlichen Dank. Kein Wunder, daß ich gut im Futter bin. Am meisten aber habe ich mich über die schönen Bilder gefreut. Deckenrollen müssen wir mit den Jungens noch üben. Wir hoffen so sehr, bald wieder bei Euch zu sein! Herzliche Grüße Euch allen, Dein Willy.

Soest, den 04.07.53

Mein lieber Sohn!

Meinen Geburtstag habe ich mit Vater ganz allein in Überlingen gefeiert, nachmittags waren wir auf der Insel Mainau. Wir hatten eine schöne Fahrt bis nach Titisee, Füssen, Oberammergau und Garmisch. Es war für uns Alten ein Erlebnis. Vater fährt gut und sicher. Ludvig hat großen Hausputz in der Werkstatt gehalten. Lotte bekam einen neuen Schreibtisch und Regale.

Heute kam Jürgen aus dem Landschulheim zurück, wo er eine Woche war. Gerade sehe ich, daß Hedwig mit Gisela und Jürgen noch einen Abendspaziergang machen will. Deine zwei Jüngsten liegen im Bett. Heidi hatte einen Ausflug mit dem Kindergottesdienst zum Stadtpark gemacht, Kaffee und Kuchen frei. Van der Minde aus dem Nachbarhaus ziehen im Herbst aus und nehmen Eckardts mit. Die Wohnung wollten wir gern für die Familie haben. Lotte und Ludvig schlafen ja in der Veranda. Ob das glückt? Herzliche Grüße, Vater und Mutter.

Meine Liebe,

Am 28.07. erhielt ich wieder zwei Karten, Deine vom 02.06. und Mutters vom 04.07. Ich habe mich sehr über den Unternehmungsgeist von Vater und Mutter gefreut. Oder mußte Mutter lange überredet werden zu der schönen Reise? Du wirst ja wohl nun mit den Kindern in Eckweiler sein. Ich schicke die Karte aber doch lieber nach Soest, da ich nicht weiß, wie lange sie wieder unterwegs ist. In letzter Zeit ging es ja erstaunlich schnell. Über Eure Bilder freue ich mich immer sehr. Hoffentlich kannst Du mir bald neue schicken. Deine Pakete vom 05.06., 22.06. 13.07. und Mutters vom 12.06. habe ich gut erhalten. Eins kam am 13.07. an. Herzlichen Dank für alles, vor allem für den Pumpernickel. Über die Zöpfe meiner Deerns und die kurzen Hosen meiner Jungens habe ich mich besonders gefreut. Schicke bitte auch Zigarettenpapier. Die Pfeife rauche ich nicht draußen. Herzliche Grüße allen meinen Lieben, immer Dein Willy.

Eckweiler bei Sobernheim/Nahe, den 20.08.53. Mein lieber Willy!

Deine Karte vom 02.06. war lange unterwegs. Wir sind nun schon über 14 Tage in Eckweiler. Onkel Jakob aus Krefeld ist auch hier und geht viel mit uns spazieren. Übrigens war er das auf dem Bild bei der Konfirmation, den Du wohl nicht kanntest (mit Glatze). Die Krankenschwester ist meine Cousine Luise (sie hat uns mal besucht, als Heinz geboren wurde). Dann waren auf dem Bild noch Günter, und Erna mit ihrer kleinen Tochter Renate und Ruth Eckardt; na die anderen wirst Du ja wohl erkannt haben, oder kennst Du mich etwa nicht mehr? Unsere Gisela ist mit Ulrik in Dänemark bei Ludvigs dänischen Verwandten, sie schreibt ganz begeistert. Jürgen hatte leider schon Pech, gleich in den ersten Tagen hier fiel er vom Pflaumenbaum und brach sich das linke Handgelenk. Heidi hat das Knie aufgeschlagen und Heinz sich in den Finger geschnitten, sonst sind wir aber gesund und munter. Ansonsten lasse ich den Dingen ihren Lauf und hoffe nur, daß Du noch in diesem Jahr bei uns bist! Ich bliebe ja am liebsten hier in Eckweiler, aber das geht leider nicht, wegen der Schule. Bleib Du nur gesund und voller Zuversicht, immer Deine Hedwig.

Soest, den 20.09.53.

Mein lieber Willy!

Wir bekamen kurz hintereinander Deine Karten vom 02.07. und 04.08.. besonders über die erste haben wir uns riesig gefreut. Wir hoffen, daß die Aussichten noch besser geworden sind und wenn es auch noch etwas dauern wird, wir Dich bald wiederhaben! Allein der Aussicht auf Dein Kommen danken wir es, daß wir ab 01.10 unsere Schlafzimmer wiederbekommen. Nun wissen wir doch, wo wir Dich unterbringen. Die Jungens freuen sich auch auf ihr Zimmer. Ach Gott, wenn Du nur jetzt auch heimkommen kannst! Ich kann manchmal keinen klaren Gedanken mehr fassen. Heinz meinte schon, wenn Du dann ankämst, ginge er auf keinen Fall in die Schule. Aus Brückenau soll ich Dich auch schön grüßen; die sind, glaube ich, auch schon ganz verrückt. Bleib nur gesund und verliere nie Deinen Mut! Deine Hedwig.

Aachen, den 30.09.53

Sehr geehrte Frau Rohlfing!

Von unserem Herbsturlaub zurückgekommen, fand ich vorgestern hier Ihre Karte vor. Inzwischen hat sich allerlei ereignet in diesen letzten Tagen, woran wir alle vorher nicht gedacht hätten. Was wird werden? Ich hatte noch eine Karte von meinem Sohn vom 04.08. Ein Kamerad von ihm ist mit dem Montagstransport angekommen aus dem Lager 6118/B. Werden unsere Lieben auch kommen? Man lebt jetzt zwischen Angst und Hoffen. Von den Borowitschi-Kameraden sind bis jetzt vier zurück, ein kleiner Prozentsatz. Wir warten auf unseren Sohn, unverheiratet; wie viel mehr sehnen sich all die Frauen, die ihren Mann und den Vater ihrer Kinder so lange entbehren mußten. Gebe Gott, daß viele zurückkommen! Haben Sie auch Kinder, Frau Rohlfing? Wir wollen weiter hoffen und beten. Und dann müssen wir abwarten, was kommt. Sobald ich Näheres höre, gebe ich Ihnen Nachricht.

Mit vielen herzlichen Grüßen, Ihr Kitty D.

Soest, den 15.11.53.

Mein lieber Willy!

Was hatten wir uns schon darauf gefreut, daß wir dieses Mal mit Dir Weihnachten feiern könnten. Die Hoffnung war so groß! Was haben wir aufregende Wochen hinter uns. Wenn man am Radio saß und nur auf einen Namen wartete. Ilse Lüdecke hat das große Glück gehabt. Wir wollen nun aber Weihnachten nicht traurig sein, vor allem sollst Du es nicht sein, denn nach dem 01.01. rollen die Transporte weiter und einmal wirst auch Du dabei sein. Pass nur gut auf Dich auf und werde nicht krank. Du triffst auch hier alles gesund an, Jeder wartet auf Dich! Vater hat seinen »Esel« bereit, die Karten studiert, wir wollen Dir so gerne entgegenbrausen. Einen sehr tröstlichen, netten Brief erhielt ich von W. Kuhl aus Salzgitter. Ich male mir immer aus, ob ich Dich wohl sofort erkenne? Wir haben jetzt unsere Schlafzimmer wieder, Du brauchst also nur zu kommen, herzlichst Deine Hedwig

Postfach 5110/45 Moskau, 03.12.53
Meine liebe Hedwig! Heidis Geburtstag,
Ich habe nun drei Monate nicht geschrieben, weil ich mit manchem nicht klarkommen konnte. Aber nun geht es wieder. Ich habe mittlerweile drei Karten und neun Pakete empfangen. Die Bilder aus Lottes letztem Paket habe ich noch nicht. Wo sind die Bilder von Vater und Mutter aufgenommen? Und wo Lottes Familienbild? Habt Ihr Gisela die Haare geschnitten? Wie geht es Heinz in der Schule? Über seine Betrachtungen der weinenden Gattin haben wir herzlich gelacht. Hoffentlich nimmt man Dir die Schlafzimmer nicht wieder ab. Ich soll möglichst viel Kaffee trinken, da ich einen zu niedrigen Blutdruck habe. Sonst bin ich aber gesund und die Nase bleibt oben, trotz allem! Grüß mir alle meine Lieben, auch Liesel, Paul, Hans-Herrmann und Ilse Turley. Den Trainingsanzug habe ich erhalten, herzlichen Dank, Dein Willy.

Soest, den 12.01.54.
Mein lieber Willy!
Endlich wieder Post von Dir! Ich kann noch gar nicht glauben, daß Du, obwohl Du schreiben konntest, es nicht getan hast! Ich habe mich fast krank gesorgt! War nur

gut, daß Hanni auch keine Post hatte! Stell Dir mal vor, wir hätten auch keine Pakete geschickt! Wir warten jeden Tag auf Euch; ich bin auch der festen Überzeugung, daß Du bald kommst! Auch wenn es noch ein paar Wochen dauern kann. In einem gewissen Zeitabschnitt, hieß es doch schon im August, sind alle zu Hause. Wie kannst Du nur den Kopf hängen lassen! Wir haben nächtelang am Radio gesessen, wenn die Heimkehrerlisten durchgegeben wurden. Was denkst Du, daß geht auch uns über die Nerven. Vater hatte seine Droschke abfahrbereit vor der Tür stehen, wir wären drei Stunden nach einem Anruf schon bei Dir gewesen. Kennst Du noch die Telefonnummer: 1218? Du mußt sofort anrufen, wenn Du in Friedland angekommen bist! Ich kann es bald nicht mehr aushalten, auf das »R« zu warten, der Buchstabe ist so weit hinten!. Eben werden wieder Namen durchgesagt, aber da kannst Du nicht bei sein. Bleib bitte gesund! Auf ein frohes, baldiges Wiedersehen! Deine Hedwig.

Moskau, 5110/45, 03.02.54

Meine liebe Hedwig!

Soeben habe ich Dein Paket vom 07.01. erhalten, außerdem das von Mutter vom 15.12. und das aus Gandersheim. Dein Paket mit dem Pumpernickel und den Gummistiefeln habe ich vor 14 Tagen erhalten, herzlichen Dank für alles. Mir geht es gesundheitlich gut. Wie geht es meinen Trabanten? Wie geht es Heinz in der Schule? Über die Nachricht von Paul habe ich mich sehr gefreut. Ich wußte, daß man sich auf ihn verlassen kann. Was für einen Beruf will er denn ergreifen? Wir hoffen auch alle sehr, daß wir dieses Frühjahr heimfahren werden. Andererseits stecken wir im tiefsten Winter. Vorsichtshalber bitte ich Dich doch noch um ein paar Laufschuhe für den Sommer.

Grüß alle meine Lieben, auch Paul, Dein Willy.

Soest, den 24.02.54.

Mein lieber Willy!

Alles konnten wir leider auf Deiner Karte vom 01.01.* nicht lesen. Aber ich bin doch sehr froh, daß sie so zuversichtlich war. Betrübt bin ich, daß Du nicht möchtest, daß ich Dich in Friedland abhole. Früher warst Du geknickt, wenn ich nicht mit Kind und Kegel auf dem Bahnhof stand. Also, da halten mich keine zehn Pferde! Wir haben uns auch abgesprochen, Anni und Hanni wollen ebenso ihren Männern entgegenfahren. Hoffentlich hat Euch die starke Kälte nicht geschadet; ich habe immer so sehr an Dich gedacht. Wir hatten nämlich auch 20 Grad unter Null. Jetzt wird's aber Frühling und mit der Sonne kommt die Hoffnung! Halte Dich gesund und froh. Auf ein glückliches Wiedersehen,

Deine Hedwig.

Diese Karte ist verloren gegangen.

Moskau, Postfach 5110/45, 08.03.54

Lieber Vater!

Zu Deinem Geburtstage wünsche ich Dir alles Gute, vor allem Gesundheit. Ich hoffe, daß dies nun wirklich die letzte Geburtstagskarte von mir an Dich ist. Ich habe gar keine Lust mehr, immer dasselbe zu schreiben. Post habe ich längere Zeit nicht mehr erhalten. Wie hat sich Walter entwickelt? Ich bin überzeugt, daß er sich weiter als tüchtiger, ordentlicher Junge erweisen wird. Wir denken viel an Euch, möchten daher immer erfahren, was unsere Jungen und Mädchen machen, beruflich und auch sonst. Wir können ja von hier die sich bietenden Möglichkeiten nicht beurteilen. Einzige Sorge macht mir Paul, einmal. weil er mir als unser Jüngster besonders am Herzen liegt, außerdem, weil er zu wenig an sein eigenes Fortkommen denkt. Aber er wird es schon schaffen.

Bekleidung brauche ich nicht, nur etwas Stopfwolle. Grüße herzlich alle meine Lieben, Dein Sohn Willy.

Worms, 09.03.54

Liebe Frau Rohlfing!

Herzlichen Dank für Ihre Karte vom 05.03. Gleichzeitig erhielt ich auch von Frau Holland die Karte vom 02.02. zugeschickt, die ich versuche zu entziffern. Ich hatte an Hans Holland in der Ihnen bekannten Form eine Nachricht zugeleitet, aus der hervorging, daß es auch bei Ihnen zu Hause gesundheitlich usw. in bester Ordnung ist. Außerdem, das war die Hauptsache, ging eine größere Lagebeurteilung mit Verhaltensmaßregeln mit. Aus Ihrer Karte scheint mir nun ein Satz einen besonderen Sinn zu haben: was für einen Beruf will er denn ergreifen? Würde es Ihnen etwas ausmachen, wenn Sie mir die Karte zur Ansicht zuschicken würden? Vielleicht sind mir dann die Sätze aus Hollands Karte klarer. Haben Sie in Ihrer Verwandtschaft die Namen Käthe und Dora?

Das Paket aus Gandersheim ist vom Handelsinstitut Lust+Diekerscheid, Worms. Als Absender ist wahrscheinlich die Adresse einer Schülerin gewählt worden.

Ich selbst fahre am 22.03. nun endlich zur Kur. Hoffentlich habe ich dann bis April etwas Berufliches gefunden, noch sieht es finster aus.

Mit herzlichen Grüßen an Sie und Ihre Kinder, Ihr Paul Schill.*

Nach Paul fragt mein Vater immer wieder, er ist ein heimgekehrter Kamerad aus dem Kriegsgefangenenlager. Er war wohl einer der Jüngsten.

Soest, den 10.03.54.

Mein lieber Willy!

Über Deine Karte vom 03.02. haben wir uns alle sehr gefreut. Hoffentlich gehen unsere Hoffnungen bald in Erfüllung. Seit ein paar Tagen haben wir Frühlingswetter. Ich hoffe sehr, daß auch Du den schrecklich kalten Februar gut überstanden hast. Wir haben es auch und sind alle munter. Kennst Du Pfarrer Fritz Hacker? Seine Mutter schreibt mir häufiger. Aus Aachen bekam ich auch wieder Post von Kitty. Ich fange mit dem Hausputz an, ich will alles fertig haben, wenn Du kommst. Die Kinder behaupten alle vier, Dich sofort zu erkennen, auch Heidi! Ich sage Dir, glaube nur nicht, daß Du sie noch auf den Arm nehmen kannst und mit ihr Mittagsschläfchen halten kannst, wie Du es früher so gern gemacht hast. Walter hat mich vor ein paar Tagen besucht. Er erzählte, Du äßest so viel Senf, ich halte das für sehr bedenklich.

Herzlichst Deine Hedwig.

Moskau, Postfach 5110/45, 04.04.54

Meine liebe Heti!

Ich hoffe, daß dies eine Geburtstagskarte für Dich und Jürgen wird. Herzliche Glückwünsche Euch Beiden.

Mein Gott, Heti, was werden wir alt! Deine Karten vom 12.02. und 24. 02. habe ich erhalten. An Deinem strengen Verweis habe ich ziemlich lange geschluckt, zumal Du natürlich recht hattest. Aber glaub mir, Du siehst das alles auch nicht ganz richtig. Vielleicht wird Paul mich da eher verstehen. Vielleicht kommt doch endlich die Zeit, wo wir uns über dies und anderes persönlich aussprechen können. Meine Nerven sind noch soweit in Ordnung, wenn sie auch im letzten Jahr ziemlich strapaziert worden sind. Wenn Du von Grete nichts hörst, frag doch einmal bei *Irmgard an. Ich habe allerdings den Eindruck, daß die froh ist, daß es ihr gut geht und so keine Zeit mehr für andere hat. Über Lottes Paket habe ich mich ganz besonders gefreut. Herzlichen Dank. Schade, daß keine Fotos beilagen. Das ist immer das Schönste in den Paketen!

Herzliche Grüße Dir, meinen Trabanten und allen Lieben, Dein Willy.

Irmgard Siebecks Mann Otto ist inzwischen heimgekehrt, danach ist der Kontakt abgebrochen.

Moskau, Postfach 5110/25, 02.06.54

Meine liebe Heti!

Die letzte Karte habe ich an Mutter geschrieben. Aber Gott sei Dank habe ich alle meine Lieben zusammen, sodaß die Karten ja in jedem Falle Euch alle erreichen. Schreib mir doch einmal ausdrücklich, wie es Mutter gesundheitlich geht. Ich mache mir da manchmal Sorgen. Schickst Du mir bald wieder Bilder? Von Ilse Turley kam vor einigen Tagen auch wieder ein Paket. Geht es ihr gut? Sag ihr bitte meinen herzlichen Dank. Kommt sie noch ab und zu auf Besuch? Über das Paket von Frau Hacker habe ich mich so gefreut.

Die Schuhe sind leider zwei Nummern zu groß, aber ich freue mich, wenn ich einem Anderen damit eine Freude machen kann. Ich habe ja auch die von Euch, die mir gut passen. Wie stehst Du eigentlich finanziell? Schreib es mir genau. Ich bin gesund wie immer. In alter Liebe, Dein Willy.

Soest, den 12.06.54

Mein lieber Willy!

Am Pfingsttag kam endlich wieder Post von Dir. Deine Karten vom 08.03. und 04.04. Ich war bald krank vor lauter Unruhe. Ja, das Warten wird Euch und uns doch jetzt sehr schwer. Aber wir wollen doch jetzt nicht mutlos werden, wenn alle Aussichten auf Eure baldige Heimkehr so günstig sind. Es wird nicht mehr lange dauern, denke nur immer daran, daß wir Dich gesund wiederhaben müssen! Zum Geburtstag wünschen wir Dir, daß Du schon in froher Stimmung auf ein baldiges Wiedersehen feiern kannst. Wie kannst Du nur denken, wir wären schon alt! Diese Tage sprach man im Radio von den Eheschwierigkeiten, die doch viele Heimkehrer hätten, da meinte Heinz, der das mitgekriegt hatte, »Mama, ist man gut, daß unser Papa keine Eheschwierigkeiten bekommt, der weiß doch ganz genau, wo wir wohnen, also mach Dir keine Sorgen.« Gestern sagte ich zu ihm, er hätte genau solche Finger-und Fußnägel wie Du, »So«, sagte er, »Auch genau so dreckige?« An Grete werde ich auch noch schreiben, ich hatte mich ihretwegen an »Lorch« gewandt. Der weiß alles über sie. Ich wollte nicht gerne an Irmgard schreiben, sie hat so lange nichts mehr hören lassen. Paul hat endlich eine Stellung gefunden. Hans-Hermann hat sich Pfingsten verlobt. Herzliche Grüße, Deine Hedwig.

Soest, den 15.06.54

Mein lieber Sohn!

Daß doch noch ein Gruß für Vater kam, war für uns alle eine große Freude. Wenn Deine Karten nicht kommen, können wir ja auch nicht schreiben. Hoffentlich hast Du inzwischen Post und Pakete erhalten, es ist viel unterwegs. Sonnabend, den 19.06. ging das dritte Paket von Deinen Bundesbrüdern ab (Peiß, Leimbach usw.) Wir sind alle gesund und warten immer mit großer Hoffnung auf Dich. Du läßt Dich ja auch nur durch dieses Hoffen tragen. Deinen Fünfen geht es gut. Die Kinder sind artig, wenn sie auch manchmal mehr in der Schule leisten könnten. Du weißt ja, wie anspruchsvoll Deine Eltern da sind. Bleibe stark, mein Junge. Wir grüßen Dich alle herzlich, Vater, Mutter und Schwestern.

Brückenau, den 11.07.54

Liebe Frau Rohlfing!

Na, Sie werden denken, endlich mal wieder. Haben Sie Dank für Ihre lieben Zeilen. Ja, unser Vati hat wieder geschrieben, datiert am 02.06.54 mit einer neuen Nr.: 5110/25. Das hat aber nichts zu sagen, es ist noch das alte Lager 6118/D. Unser Vati will scheinbar wieder im Ural überwintern, denn er bittet um warme Unterwäsche. Außerdem verlangt er stets nach Vitamin A, B, C. Was schreibt Ihr Mann? Ich weiß nicht, ich habe manchmal das Gefühl, wir müssen noch einmal vier Jahre warten, bis der neue Arbeitsplan geschafft ist. Eher kommen unsere Männer nicht nach Hause. Und was meinen Sie? Haben Sie mehr Hoffnung? Man hört und sieht nichts mehr von Entlassungen. Man könnte verzweifeln, die Kinder werden groß ohne Vater. Meine Mädchen sind inzwischen zur Kommunion gegangen; sie sind gefirmt worden, ohne daß unser Vati etwas davon weiß. Ich getraue mich gar nicht, ihm die Bilder beizulegen. Was wird er sagen zu diesem Entschluß? Sigrun-Elke hat ihre Aufnahmeprüfung zur Realschule bestanden, vor acht Tagen tanzte sie das erste Mal öffentlich im Kinderballett.

Ach, liebe Frau Rohlfing, was haben unsere Familien nur verbrochen, daß man uns so straft! Werden wir denn noch einmal glücklich sein? Wie geht es Ihnen und Ihren Kindern, ist alles gesund?

Seien Sie herzlich gegrüßt, Ihre Hanni Holland mit Heide und Sigrun-Elke.

Soest, den 19.07.54.

Mein lieber Willy!

So einen verregneten Sommer haben wir noch nicht erlebt, wir werden ganz trübsinnig. Trotzdem glaube ich fest daran, daß wir Dich bald wiedersehen. In 14 Tagen fahren wir nach Eckweiler, von dort werde ich auch Paul besuchen, er hat jetzt in Mannheim eine Anstellung. Ich hatte mich seinetwegen an Ilse Turley gewandt. Sie hätte ihm auch geholfen, aber nun hat sich das erledigt. Von Grete bekam ich jetzt aus Schieder einen langen Brief; wir wollen alle von Irmgard nichts mehr wissen, haben wir auch gar nicht nötig. Mutter geht es gesundheitlich so gut wie wenigen ihres Alters. Wie es mir finanziell geht, willst Du wissen? Die ersten 14 Tage im Monat geht es, die letzten Tage habe ich immer Angst, ich käme nicht rum, mit Ach und Krach erreiche ich den Anschluß. Schulden habe ich noch nie gemacht! Jürgen fährt heute für 10 Tage ins Landschulheim. Bleib Du gesund und munter,

wir sind es auch. Viele Grüße von Ilse und Grete, letztere
hoffe ich im Oktober zu sehen.

In aller Liebe, Deine Hedwig.

Landesversicherungsanstalt Westfalen
  Rentenabteilung Münster i. W.

Geschäftszeichen: KH (Kgf.) 46 Ro 9/5o

Tag: 26. Okt. 1950

An Frau

Hedwig Rohlfing geb. Häbel
S o e s t i.W., Rosenstr. 6

Rentenzeichen (Bei allen Anfragen angeben)
KG *122-4* - 60003/09

Bescheid

über Festsetzung einer Unterhaltsbeihilfe nach dem Gesetz über die Unterhaltsbeihilfe für Angehörige von Kriegsgefangenen vom 13. 6. 1950 (Bundesges. Blatt Seite 204).

Auf Ihren Antrag vom 30. VIII. 195o

Ihr Ehemann — Der Vater de r nachstehend aufgeführten Kinde r

Wilhelm Rohlfing

befindet sich noch in Kriegsgefangenschaft im Sinne des oben genannten Gesetzes.

Es wird daher — Ihnen — und — Ihren — den unterhaltsberechtigten Kindern

Gisela	geb. 17.12.39	Heidi	geb. 3.12.43
Jürgen	geb. 3.5.41		geb.
Heinz	geb. 11.8.42		geb.
	geb.		geb.

vom 1. April 195o an Unterhaltsbeihilfe gewährt (Ziff. VIII d. anl. Merkblattes)

Die Unterhaltsbeihilfe für Sie beträgt nach Ziff. II des anl. Merkbl. mtl. 30.— DM weil wenigstens ein Kind des Kriegsgefangenen oder ein eigenes Kind versorgen, das eine Unterhaltsbeihilfe nach obigem Gesetz bezieht — das — 50. — 60. — Lebensjahr vollendet haben — nicht nur vorübergehend durch Krankheit oder andere Gebrechen wenigstens die Hälfte ihrer Erwerbsfähigkeit verloren haben —

Ihr Einkommen beläuft sich auf _____ DM monatlich.
Aus diesem Grunde wird die Beihilfe ermäßigt betragt auf mtl. . . . . 30.— DM
Für die vorstehend genannten Kinder beträgt die Unterhaltsbeihilfe je 30.— DM mtl. × 4 = 120.— DM

zusammen: 150.— DM

Die Gesamtunterhaltsbeihilfe darf 120.— DM im Monat nicht übersteigen. (Ziff. V d. anl. Merkbl.)
Sie wird daher ermäßigt auf . . . . 120.— DM
Zu der Unterhaltsbeihilfe der Ehefrau wird nach Ziff. III d. anl. Merkbl. ein Zuschlag von
20 v. H. gewährt = . . . 4,80 DM . . . . 6.— DM
+ 1,20 DM (Härteausgleich)

zusammen: 126,— DM

Die Unterhaltsbeihilfe wird vom 1. 12. 195 o an monatlich durch die Post gezahlt.
Für die rückliegende Zeit erhalten Sie

vom 1.4.50	bis 30.11.50	8	× 126.—	DM = 1008.—	DM
vom	bis		×	DM = --	DM
				Nachzahlung: 1008.—	DM

Von der Nachzahlung werden für erhaltene
für die Zeit vom _____ bis _____ einbehalten und
dem _____ erstattet = -- DM
Den Betrag von 1008.— DM
erhalten Sie ebenfalls durch die Post ausgezahlt.

129 K G - Bescheid - Reinschrift - 10. b0 - 1000

Unterhaltsbeihilfe

126

Moskau, 5110/2, 20.07.54

Meine liebe Hedwig!

Nun habe ich wieder einen Geburtstag ohne Euch gehabt. Ich hatte, wie immer, viele kleine Geschenke von meinen näheren Bekannten, hatte mir auch einen Kuchen backen lassen, habe aber von dem früher üblichen Geburtstags-Kaffeetrinken abgesehen. Stattdessen habe ich den Abend damit zugebracht, Eure Bilder in ein Album, das mir geschenkt worden war, einzukleben. Von Leni habe ich gar kein Bild, ich höre überhaupt so wenig von ihr. Auch von Heinz Dietz und Paul hätte ich gern eines. Dann hätte ich die ganze Familie zusammen. Dein Paket von Anfang Juni kam gerade recht zum Geburtstag. Darüber und über Hannis Paket habe ich mich sehr gefreut. Vielen Dank.

Grüße alle meine Lieben, Dein Willy.

Soest, den 01.08.54

Lieber Sohn!

Herzliche, liebe Grüße schreibe ich Dir vom heutigen Sonntag. Am 01.09. fährt Vater und holt Deine Familie aus Eckweiler ab, denn am 08.09. sind die Ferien vorbei. Wir hatten einen bösen Regenschauer, Du auch? Wir sind alle gesund, und mir geht es auch wieder besser. Es ist wohl die Hoffnung auf den kommenden Herbst um Dich. Die Enttäuschung im vorigen Jahr war für mich besonders hart, wie ja auch für Dich. Bleib Du nur bloß zufrieden, einmal bist Du auch dabei. Leni und Familie geht es gut. Willi ist endlich befördert worden ab 01.06. Hellmut und Gerhard arbeiten in den Ferien in der Werkstatt. Dein Paul steht mit Lotte in Verbindung. Sie wird ihm Möbel besorgen. Leni und sie machen Dir ein Paket mit Bildern. Sollen wir mal eine Uhr beilegen? Schreib uns besondere Wünsche.

Es ist Feierabend, Vater kommt mit Lieselotte vorgefahren. Ludvig hat immer noch länger Dienst. Deine Mutter, Gruß Lieselotte.

Bayreuth, den 04.08.54.

Lieber Willy Rohlfing!

Mit Ihrer Ehefrau und Mutter bin ich in treuer Verbindung. Ich hoffe, daß Sie weiterhin unsere Pakete bekommen. Sagen Sie allen Kameraden, Ihr seid nicht vergessen, wir denken in Liebe und Treue an Euch! Wir hoffen voll Vertrauen auf Eure baldige Heimkehr.

In treuem Gedenken, Fritz und Maria Hacker

Moskau, 5110/25, 05.08.54,

Liebe Heti!

In letzter Zeit hatte ich wieder viele Pakete, unter anderem das von Mutter mit dem Regenumhang. Jetzt wird wohl bald die Zeit kommen, wo man so etwas hier gut gebrauchen kann. Mutters Paket von ihrem Geburtstag, abgeschickt am 29.06. kam gestern. Ich habe mich, wie immer, besonders über die Bilder gefreut. Die drei fremden Kinder sind wohl aus Lottes Bekanntschaft? Ich hoffe, daß ich auch von Dir und meinen Trabanten bald wieder Bilder bekomme. Post habe ich seit langer Zeit nicht mehr gehabt. Schreib mir auch, was so in Soest passiert, aber vor allem, was die Kinder treiben, wie es ihnen in der Schule geht, wie groß sie sind usw. Heidi scheint viel Ähnlichkeit mit Evelyn zu haben. Kannst Du mir ein paar Einsätze für die Büttner Piepe schicken? ich bin gesund, wie immer. Herzliche Grüße Euch allen, Dein alter Willy.

Eckweiler, den 25.08.54.

Mein lieber Willy!

Deine Karte vom 20.07. erreichte mich hier in Eckweiler. Bis Juni hatte ich ja so gehofft, daß Du dieses Jahr mit uns hättest fahren können! Nun heißt es, bis Weihnachten wäret Ihr alle daheim. Mir bleibt das Herz stehen, wenn ich überlege, daß ich Dich bald zehn Jahre nicht mehr gesehen habe!

Wir haben dieses Jahr sehr schlechtes Wetter, den Kindern macht das nicht viel aus. Heinz jammert jetzt schon, wenn von der Abreise die Rede ist. Er hilft Onkel Willi bei allem und ist immer noch sein Ein und Alles. Onkel Jakob ist auch hier, er verwöhnt Heidi maßlos. Ich habe reichlich zu tun, daß ich die ganze Gesellschaft satt kriege. Vorigen Sonntag war ich in Worms, ich soll Dich vom kleinen Paul auch herzlich grüßen. Es wird schon alles werden. Er ist jetzt mit viel Eifer dabei, sich ein Weib zu nehmen. Ich kann Dir leider von hier kein Paket schicken, weil hier kein Zollamt ist. Hoffentlich hat Oma das besorgt, Denke Du nur an Deine Gesundheit. Ich hoffe so sehr, daß wir uns bald wiedersehen!

In aller Liebe, Deine Hedwig

Soest, den 10.09.54.

Mein lieber Willy!

Am gleichen Tag, als wir aus Eckweiler zu Hause ankamen, war Deine Karte da. In unserer allgemein trüben Stimmung war mir das eine große Freude. In Eckweiler war es schön, wie immer; mit Onkel Jakob aus Krefeld haben wir schöne Wanderungen gemacht. Die Bilder, die wir dort gemacht haben, schicke ich Dir im Paket. Bei sieben Bildern hat leider der Auslöser gestreikt, dabei waren ausgerechnet zwei Bilder, auf denen ich mich extra »schön« für Dich auf einer Bank platziert hatte. Na, wir hoffen sehr, daß Du uns bald in Person in Augenschein nehmen kannst und hoffentlich nicht enttäuscht bist. Wir haben uns alle gut erholt im Hunsrück; wie ich Dir auf der vorigen Karte schon schrieb, war ich auch in Worms. Paul hat sich inzwischen verlobt und von Hansi bekam ich gestern eine Vermählungsanzeige. Die heimgekehrten Jungens sind ganz wild aufs Heiraten, man wird richtig neidisch. Onkel Jakob hat mir beim Abschied übrigens den Rat gegeben, ich sollte man nicht so stürmisch sein, wenn Du kämest. Stell Dir das mal vor!! Du schreibst ja nichts unbedingt Positives; aber wir glauben fest, daß Du spätestens bis Weihnachten hier bist! Halte Dich nur gesund, ich habe oft Angst um Dich. Denke bei allem auch an uns. Wir brauchen Dich so nötig! Einmal wird das Glück doch auch zu uns kommen. Ich hoffe, daß Du nie daran zweifelst! Es sieht auch jetzt gut aus. Hoffen wir!

Herzlichst Deine Hedwig

Moskau, 5110/52, 25.10.54,

Meine liebe Heti!

Mir geht es gesundheitlich gut und auch sonst nicht schlechter als bisher. Ihr braucht Euch um mich keine Sorgen zu machen. Ich bin vor allem froh, daß ich endlich wieder schreiben kann, denn Ihr werdet sicher ebenso auf Post warten wie ich. In der letzten Zeit habe ich nur das

Paket von den Schwestern bekommen. Die Bilder werde ich hoffentlich noch erhalten. Jetzt werde ich wohl einige Zeit auf Pakete warten müssen, aber das ist nicht so schlimm. Ich bin ganz gut im Futter und dann ist die Freude umso größer, wenn dann zu Weihnachten wieder etwas kommt. Schickt mir nur viele Fotos mit, das ist mir immer die größte Freude. Dann schickt mir doch bitte noch eine Seifenschale, ich habe die von Lotte verloren. Außerdem eine geräumige Butterdose und eine zum Aufbewahren von Neskaffee. Aber alles aus Bakelit. Und bitte, genügend zu rauchen. So, das war mal wieder eine rechte Bettelkarte. Bleibt gesund und munter, wie wir auch. Herzliche Grüße meinen Lieben, immer Dein Willy.

Soest, den 16.11.54

Mein lieber Willy!

Deine Karte vom 25.10. kam schon am 10.11. hier an. Ein Paket habe ich sofort gepackt. Aber mit der Antwortkarte mußte ich erst noch warten, ich hatte das Gleichgewicht etwas verloren. Beruhigen tut mich nur die Tatsache, daß die Heimkehraussichten dieselben geblieben sind. Wir glauben alle fest, daß es nicht mehr allzu lange dauern wird. Auch wenn wir noch einmal Weihnachten ohne Dich sein müssen, (wir hatten es uns so gewünscht, Dich bis dahin hier zu haben), werden wir den Mut nicht verlieren, Du doch auch nicht? Die Kinder werden groß ohne Dich. Ich stelle mir immer vor, wie eigen es für Dich sein muß, wenn Du sie wiedersiehst. Mit Jürgen habe ich oft meine Last mit den Schularbeiten; er liest zu viel, und Heinz geht mir dann durch die Lappen. Seit einigen Wochen haben wir einen kleinen Hund. Die Kinder brachten ihn von der Straße mit. Es gab viele Tränen, bis sie ihn behalten durften. Uropa war jetzt acht Tage hier, er ist gesund und frisch wie je. Er wird doch bald 94 Jahre und möchte es nur noch erleben, daß Du heimkommst. Ilse Turley war auch ein paar Tage hier, sie möchte so gern, daß Du wieder zur alten Firma zurückkehrtest. Dein Beruf als Mathematiker ist immer noch ein Mangelberuf.

Bleib Du gesund und zuversichtlich! Wir denken immer an Dich! Grüße von allen, besonders von Deiner Hedwig.

Moskau, 5110/52, 26.11.54

Alle meine Lieben zu Hause!

Euch allen, vor allen Dingen den Kindern, wünsche ich ein schönes Weihnachtsfest und ein glückliches neues Jahr. Wir werden hier in diesem Jahr ein recht stilles Weihnachten haben. Wir werden wohl am 25. gerade Schreibtag haben. Wir werden dann Eure Bilder um uns versammeln und bei Euch sein. Vor einigen Tagen haben wir wieder eine Menge Pakete gehabt, sodaß es uns nicht schlecht geht. Über die Bilder habe ich mich so gefreut! Mein Gott, was werden die Kinder groß, besonders meine Gisela. Sie ist nur so schmal, ich mache mir Sorgen. Leni und Willy sehen ja ganz aus wie früher, ebenso Onkel Willi aus Eckweiler. Gerhard erinnert mich sehr an meinen Bruder Heinz. Warum hat Jürgen das Bein verbunden? Ich denke, er hatte die Hand gebrochen. Ob von Paul auch bald ein Bild kommt? Schickt mir keine Bekleidung, außer Strümpfe und Stopfwolle, keine Blechschachteln, wie z.B. Niveacreme, sondern Tuben und Beutel oder Bakelitdosen. Ich hätte gern einen Bleistift, aber nicht zu hart, Nr. 2-3. Zu den Bildern hätte ich noch so viel zu fragen. Aber der Platz langt nicht. Vielleicht das nächste Mal. Wie geht es Heinz und Heidi in der Schule? Wo wohnt Leni jetzt? Wie geht es Opa? Ob ich ihn noch wiedersehe? Seid alle herzlich gegrüßt, auch Liesel und Hanni. ich bin gesund und guten Mutes, wie immer.

Euer Willy.

24.12.54

Verehrte, liebe Frau Rohlfing!

Heute ist nun Heiligabend, und ich ich denke sehr herzlich an Sie. Welch schwere Wochen haben Sie überstehen müssen. Wie schwer muß es für Sie gewesen sein, Ihrem Mann von dem tragischen Unglück Nachricht zu geben. Ich möchte Ihnen sehr viel Kraft wünschen. Sylvester und Neujahr werde ich bei meinen Schwiegereltern in Arnsberg sein. Ob Sie die Heimkehrer-Zeitung vom 05.12. gelesen haben? Folgender Artikel steht darin:

»Auf der Pressekonferenz einer sowjetischen Rot-Kreuz-Delegation in Dresden sagte der Delegationsführer, daß nach seinem Wissen wahrscheinlich innerhalb der nächsten 6 Monate weitere Entlassungen von Kriegsgefangenen aus der Sowjetunion beginnen. Vorbereitungen für diese Transporte seien schon längst getroffen. Nach diesen Entlassungen verbleibe nur noch »ein gewisser Rest«, das seien Deutsche, die die sowjetische Staatsbürgerschaft erworben, und es ausnahmslos abgelehnt hätten, repatriiert zu werden.«

Was halten Sie davon? Es wäre schön, und wir wären so dankbar, wenn uns das Jahr 1955 doch unsere Männer zurückbrächte!

Mit guten Wünschen für Sie und Ihre Kinder, Ihre Luise Diekten.

Moskau 5110/52, 25.12.54

Meine liebe Heti!

Nun ist es bei uns doch noch ein schönes Weihnachtsfest geworden, sogar einen kleinen Baum haben wir uns gemacht. Das Schönste aber waren fünf Karten, die ich gestern bekam, von Dir, Mutter und Maria. Deine Karte vom 16.11. habe ich schon am 02.12.erhalten; es tut mir so leid, daß ich gar nicht alles fragen und beantworten kann, was ich möchte. Es haben so viele an mich gedacht. Über die Grüße meiner Heimatstadt freue ich mich mehr, als Ihr Euch vielleicht vorstellen könnt. Schickt mir doch jetzt Bilder, damit ich sehe, wie es bei Euch aussieht. Hansis Hochzeitsbild habe ich schon lange erwartet. Sie sehen ja beide gut aus, herzlichen Glückwunsch. Jetzt werde ich ja wohl bald auch eins von Paul bekommen. Gisela hat wohl recht viel Ähnlichkeit mit Dir, und nicht nur äußerlich? Schreibe mir doch bitte, ob Du Unterstützung bekommst und wieviel. Ich mache mir zwar keine Sorgen, und ändern kann ich auch nichts, aber ich möchte es gerne wissen. Kannst Du mir vielleicht Pumpernickel schicken? Meinen alten Rechenschieber oder einen kleineren? Herzliche Grüße Euch allen, vergiss meine treue Schwägerin Liesel nicht. Ich bin gesund, Dein Willy.

Soest, den 29.12.54.

Mein lieber Sohn!

Diesmal muß ich Dich mit meinem Schreiben ganz, ganz traurig machen. Wir haben lange überlegt, ob wir es

Dir schreiben sollen. Nimm dein Herz in beide Hände und versuche es zu tragen, wie es Deine Mutter und Deine Schwestern tragen. Dein Vater ist nicht mehr bei uns! Er verunglückte am 25.11. auf der Fahrt in den Spessart in Schnettlers Auto. Es war ein Zusammenstoß mit einem anderen Auto, das die Schuld trägt. Vater hatte einen Schädelbruch und die Lunge wurde ihm eingedrückt. Er war gleich bewußtlos und 1/2 Stunde später um 1/4 nach 10 ist er im Krankenhaus in Oberhausen gestorben. Die Beerdigung war am 29.11. Große Liebe und Teilnahme wurde uns zuteil. Alle dachten mit an Dich. Wir hoffen, daß Du bald kommen darfst. Willy, sei trotzdem dankbar, Deine Fünf sind gesund und wir übrigen auch. Wie gut, daß Lotte so gut in allem zurecht kommt, und Ludvig steht ihr zur Seite. Bitte, mein lieber Junge, halte Dich stark, ich wäre so gerne bei Dir, Deine Mutter.

Wir denken oft an Dich und wünschen Dir Kraft und Mut und eine baldige Heimkehr. Mutter ist gefaßt und tapfer, sei Du es auch!

In Liebe, Deine Schwester Lotte.

München, den 30.11.54

Liebe Freunde!

Wir versandten im November an Ihren Angehörigen in der Sowjetunion ein Paket, das er jeden Monat durch uns erhält. Mit folgendem Inhalt:

500 g Salami, 450 g Butterkonserve, 130 g Eipulver, 250 g Milchpulver, 500 g Ananaskonfitüre, 100 g Bohnenkaffee, 200 g Weihnachtsgebäck, 36 Stück Zigaretten. Außerdem fügen wir für Männer ein buntes Sporthemd

und für Frauen eine Wäschegarnitur und einen Pullover bei.

Wir hoffen, daß es Freude bringt, und die Liebe und Verbundenheit der Heimat kundtut. Mit den besten Wünsche für einen gesegneten Advent,

Bischof D. Heckel (Ev. Hilfswerk)

Hamburg, den 28.12.54

Meine liebe Hedwig!

Die traurige Nachricht vom Tode Deines Schwiegervaters fand ich heute vor, als ich von einer Geschäftsreise zurückkam. Ich bin aufs Tiefste erschüttert und spreche Dir und Deinen Kindern meine herzliche Anteilnahme aus. Ich weiß, wie sehr Du an Deinem Schwiegervater gehangen hast, und wie die Kinder ihren Opa geliebt haben. Ihr alle werdet ihn sehr vermissen. In ganz besonders herzlichen Mitgefühl gehen meine Gedanken heute zu Willy. Wie schwer wird ihn dieser Schicksalsschlag treffen! Das Bewußtsein, seinen geliebten Vater, mit dem er selbst so viel Gemeinsames hat, nicht mehr unter den Lebenden zu wissen, wird ihm sein schon so bitteres Los noch mehr erschweren, es wird seinen Schmerz noch vergrößern, daß es ihm unmöglich war, von seinem Vater Abschied zu nehmen.

Liebe Hedwig, Du weißt, daß ich selbst nicht an Willy schreiben kann. Darum schreibe ich Dir und bitte Dich, auch an seiner Stelle meine aufrichtige Teilnahme entgegen zu nehmen und versichert zu sein, daß ich aus ehrlichem Herzen mit ihm fühle. Ich grüße Dich und die Kinder,

Deine Ilse Turley.

Meine liebe Hedwig!

Dein Paket mit den Bleistiften habe ich bereits erhalten, ebenfalls die von Ilse mit den guten Zigaretten. Es war eine gute Idee, mir die alten Bilder zu schicken. Das von Gisela hatte ich früher auch bei mir, bis ich es 1949 verlor. Es ist sehr schön, daß ich nun auch ein Bild von Bruder Heinz habe. Hoffentlich schickt Ihr mir nun auch bald Bilder von Soest. Die Bilder von Leni und Lotte habe ich auch erhalten. Vielleicht könnt Ihr mir mal ein einfaches Fotoalbum schicken mit Fotoecken. Ich glaube, Ihr habt mich mißverstanden; Ihr könnt Konserven schicken, nur keine Blechschachteln, wie z. B. Creme. Bakelitdosen habe ich nun zunächst genug. Du fragst in einer Karte, ob ich auch immer an Euch denke: ja, das tue ich stets und überall, der Gedanke an Euch ist meine Richtschnur in allem, was ich tue! Der Onkel Jakob soll seine Ratschläge für sich behalten. Das fehlte noch, nicht wahr? Ich bin gesund, wie immer.

Grüß meine Trabanten, immer Dein Willy.

Soest, den 07.02.55.

Mein lieber Sohn!

Hast Du meine Karte vom 29.12. erhalten? Dann weißt Du, daß unser Vater am 25.11. tödlich verunglückte. Deine Vorgesetzten werden Dich nun nach Haus kommen lassen, daß Du nun für uns sorgen kannst. Wir warten täglich auf Deine Heimkehr. Was kann ich für Dich tun? Herzliche Grüße, Deine Mutter.

Mein lieber Willy, diese Karte war wieder lange unterwegs. Wir haben alle so viel an Dich gedacht die letzten

Wochen. Dieses Unglück war ja für uns alle ein schwerer Schock.

Die Aussichten für eine baldige Heimkehr sind ja jetzt so günstig, wie nie! Wir haben Dich nun noch viel nötiger, seit Vater nicht mehr da ist! Überlege mal, wie meine Situation jetzt ist. Darum verstehe bitte, wenn Du endlich nach so vielen, vielen Jahren heimkommen kannst, lassen wir Dich niemals wieder fort, und wir erwarten von Euch, daß Ihr uns dies auch gerne versichern wollt. Hanni schrieb mir auch diese Tage einen verzweifelten Brief. Ihre Älteste ist schwer krank, Gehirnhautentzündung. Wir sind alle gesund, auch Mutter. Ich glaube, sie hat jetzt große Sehnsucht nach Dir. Heinz bestürmt mich, Dir ja zu schreiben, daß wir einen kleinen uns zugelaufenen Hund haben, den wir so gern haben; Lumpi heißt er. Ob Du etwas dagegen hättest?

Viele liebe Grüße, Deine Hedwig, Gisela, Jürgen, Heinz und Heidi.

5110/52, 25.02.55, Moskau,

Liebe Mutter, liebe Schwestern!

Niemals habe ich die Hilflosigkeit meiner Lage so schwer empfunden, wie jetzt. Wenn ich doch bei Euch sein könnte! Das Herz tut mir weh, wenn ich denke, wieviel Mutter jetzt weinen wird. Aber Du mußt Dir das Herz meinetwegen nicht noch schwerer machen, Mutter. Ich bin hart geworden hier, und ich habe meine Kameraden. Wenn Ihr es gesehen hättet, in welch rührender Weise mir diese harten Männer ihr Mitgefühl gezeigt haben, so wüßtet Ihr, ich bin nicht allein. Bleib Du mir gesund, Mutter und behalte ein fröhliches Herz. Wie stolz können wir doch auf unseren Vater sein. Wenn ich doch einmal sagen könnte:«Du kannst in Ehren neben Vater bestehen. Du hast im Leben soviel geleistet wie er!« Er ist immer mein Vorbild gewesen, und wird es nun umso mehr sein, als er mitten aus seiner Arbeit herausgerissen wurde. Er hat nun niemals das Abseitsstehen und Zusehenmüssen des Alters kennengelernt, das ich schon jetzt und so bitter erleben muß. Wie oft denke ich gerade jetzt auch an Bruder Heinz. Mutter, sei nicht so viel allein und für Dich. Du hast doch Deine Enkel. Versuche mit ihnen fröhlich zu sein. Lotte, Dir möchte ich die Hand drücken, wie einem Mann und Dich dann in den Arm nehmen.

Grüß meine Fünf und alle meine Lieben, Willy.

Soest, den 23.03.55.

Lieber Bruder Willy!

Deine Antwort auf Vaters Tod haben wir mit Dank und Liebe gelesen. Wir hatten ja gehofft, daß Du es so gefaßt trägst. Es ist schön, das bestätigt zu finden. Auch Mutter ist tapfer und ruhig und geht in der Fürsorge um uns alle auf. Ich brauche sie ja auch im Augenblick mehr denn je, denn meine Aufgaben sind doch auch gewachsen. Zuerst drückte mich die Verantwortung sehr, aber man gewöhnt sich daran. Mach Dir keine Sorge um den Fortgang aller Dinge. Die letzten Jahre waren so günstig, daß es wirtschaftlich keine Komplikationen geben dürfte. Außer Deiner Familie bekommen auch Meyers und Uropa einen Zuschuß. Wir haben uns nun ganz dem Ladenausbau zugewandt. – Serientypen, rationelle Fertigung. – Die Belegschaft liegt im Schnitt bei 30 Mann, zwei Kräfte im Büro, außer mir. Du wirst viel verändert finden, aber meist positiv. Im Frühsommer wollen wir beim Betrieb ein Wohnhaus bauen, mit Hilfe der Bausparkasse. Jeder will ja ein Haus haben von nun drei Geschwistern. Jakobistraße 19/21 erwerben wir nicht zurück, da es unwirtschaftlich wäre. Ich danke Dir für Deine gute Meinung und wünsche Dir Gesundheit und baldige Heimkehr. Deine Schwester Lotte.

Leni grüßt Dich herzlich. Ebenso viele Grüße von Schulte-Braucks, er fragt immer nach Dir. Das Gruppenbild ist von Vaters Beerdigung. Wir sind alle gesund, ich hoffe, Dich bald wiederzusehen! Herzliche Grüße auch von Hedwig, Deine Mutter.

Moskau, 5110/52, 25.03.55

Meine liebe Hedwig!

Deine Karte habe ich am 01.03. erhalten. Ich denke jetzt mehr denn je an Euch, und ich werde nicht froh dabei, wie sonst. Ich mache mir viele Sorgen, in erster Linie um Mutter und um Dich! Wenn Du es auch nicht schreibst, so weiß ich doch, daß Dich nun Deine Lage noch mehr bedrückt als bisher. Ich weiß, es gehört viel Liebe und Geduld von allen dazu, eine solche Situation auf so lange Zeit ohne Spannungen zu ertragen! Und ich kann dazu gar nichts tun! Nicht einmal einen guten Rat kann ich geben! Ich kann mir ja nicht einmal mehr vorstellen, wie es sein wird, wenn ich einmal wieder zu Hause bin. Wie habe ich mich darauf gefreut, von Vater zu lernen und mit ihm zu arbeiten! Du mußt aber nicht denken, ich wollte den Mut verlieren oder trübsinnig werden! Die Hauptsache ist und bleibt, daß ich Euch gesund an Leib und Seele wiederfinde und für Euch arbeiten kann! Das Wie und

Wo kommt erst in zweiter Linie. Das Paket von Elfriede kam am 15.03. Hoffentlich schickt Ihr noch viele Bilder! Einen besonderen Gruß an die getreue Ilse. Schickt mir bitte Zahnpasta und Nähzeug.

Aber natürlich Heinz, der Lumpi bleibt! Grüß auch Hanni, ist ihre Älteste wieder gesund? Viele Grüße an alle Lieben. Ich bleibe Dein Willy.

Wiesbaden, den 08.04.55

Liebe Frau Rohlfing!

Lange haben wir schon nichts voneinander gehört. Wie geht es Ihnen, und haben Sie regelmäßig Post von Ihrem Gatten gehabt? Das schwere Schicksal unserer Männer und unsere lange Wartezeit kann nur der ermessen, der das Gleiche durchmacht. Wenn doch bald wieder Transporte kämen! Das vergangene Jahr und auch der Anfang dieses Jahres haben uns ja nicht die Erfüllung unserer Hoffnung gebracht. Meine letzte Post ist vom 04.03. aus dem Lager 5110/45. Haben Sie auch das Rundschreiben von Bischof Heckel erhalten? Was halten Sie von einem Gesuch in Moskau, oder haben Sie bereits ein solches gestellt? Ich habe noch nicht geschrieben, aber nach dem letzten Rundschreiben will ich ein Gesuch aufsetzten.

Ihnen und Ihren Angehörigen wünsche ich ein gutes Osterfest und verbleibe mit den besten Grüßen, Ihre Anni Bahnemann.

Moskau, 5110/51, 25.04.55

Meine liebe Hedwig!

Eure Karte vom 23.03. habe ich am 07.04. erhalten. Gut, daß ich von Heidis Krankheit nichts gewußt habe!

Fünf Wochen mit Scharlach im Krankenhaus, das ist ja wohl kein leichter Fall mehr! Ist sie wieder ganz in Ordnung? Im Übrigen habe ich mich über die vielen guten Nachrichten und die Grüße von meinem alten Lehrer sehr gefreut. Du kannst ihm sagen, meine Kameraden kennen ihn auch schon, weil ich häufig, wenn von alten Zeiten die Rede ist, von ihm und seiner Frau und von unseren Wanderungen erzähle. Auf dem Bild von Vaters Beerdigung kenne ich die meisten Leute nicht. Martha war wohl nicht da? Tante Elsa auch nicht? Ist Opa auf dem Bild? Es ist schön, daß Ihr bauen wollt. Schade, daß ich dabei nicht helfen kann. Davon habe ich hier einiges gelernt. Meine Gedanken drehen sich natürlich immer um die Rosenstraße, denn woanders bin ich ja nie zu Hause gewesen. Aber, wenn Ihr es anders einrichten wollt, bin ich auch einverstanden. Das ist ja alles nicht so wichtig. Ich bin gesund.

Herzliche Grüße, Dein Willy.

Soest, den 02.05.55.

Mein lieber Willy!

Gerade habe ich Dir ein Paket zur Post gebracht. Wie Du das meinst, mit Blechdosen, ist uns noch nicht ganz klar. Können wir denn Milchdosen, Fisch und Konserven schicken? Deine letzte Karte vom 25.03. hat mich doch sehr bedrückt. Die Hauptsache ist wirklich, daß wir gesund bleiben und Dich wiederkriegen! Alles andere regelt sich am Rande. Ich kann nur nicht gut haben, wenn Du schreibst, Du könntest uns nicht einmal einen guten Rat geben: Du kannst ruhig energisch Deinen Willen kundtun! Mutter hat natürlich jetzt die alleinige Verfügungsgewalt, aber Du solltest daran denken, daß es immer Vaters Wunsch war, daß Du einmal an seine Stelle trittst, er hat mir das oft genug gesagt. Aus Rücksicht auf etwas zu verzichten, was Dir lieb und teuer ist, wäre falsch! Vielleicht kommt Ihr doch schneller nach Hause, als wir jetzt ahnen! Vor 14 Tagen war ich kurz in Dortmund. Friedel wohnt wieder dort. Bei unserer alten Firma waren wir auch; ich soll Dich herzlich grüßen von August, Leithe, Zimmermann, Regine Günter und einigen mehr. August meinte, Heti hat sich gar nicht verändert, Friedel ist griffiger geworden; typisch!

Ach, was wäre es schön, wenn wir beide mal nach Dortmund fahren könnten! Schreib früh genug, wenn sich Deine Adresse ändert.

Herzlichst und in altem Vertrauen auf Deine Fähigkeiten, Deine Hedwig.

Hannis Tochter ist noch in der Klinik.

Moskau, 5110/52, 25.05.55

Liebe Mutter!

Ich hoffe, daß Dich diese Karte zu Deinem Geburtstag erreicht. Ich glaube aber, daß Du sowieso einen besondern Gruß von mir durch Gisela überreicht bekommst. Nicht wahr, Gisela, am 18.05., 18.06. und 09.08. denkst Du doch immer daran? Oder macht das Heinz? Liebe Mutter, sei nicht zu traurig an diesem Tag, den Du nun ohne Vater begehen mußt. Ich freue mich immer, wenn ich höre, daß es Dir gut geht! Ich habe meinen alten Gleichmut auch wiedergefunden und warte in Geduld auf die Rückkehr in ein tätiges Leben. Wir sind zwar alt geworden, aber noch nicht zu alt, um noch tüchtig zu schaffen und fröhlich zu sein. Wie geht es den Kindern in der Schule? Was machen Lenis Jungens und Paul? Gestern hatte ich einen guten Tag. Ich erhielt Hedwigs Karte und das Paket vom 02.05. und ein Paket aus München. Meine frühere Bemerkung »keine Blechdosen« bezog sich nicht auf Konserven. Die könnt Ihr schicken wie immer. Ich war etwas enttäuscht, weil keine Bilder im Paket waren. Ich hätte so gern mehr Bilder von Soest, wie das vom Frei-ligrathhaus, das einen Ehrenplatz im neuen Fotoalbum hat. Ich hätte noch gern einen starken Taschenkamm, Le-derschnürriemen, Sandalen und Fotoecken. Den Rechen-schieber habe ich bekommen. Herzlichst, Dein Sohn.

Soest, den 12.06.55

Mein lieber Willy!

Deine Karte vom 25.04. war mal wieder lange unter-wegs. Ich war aber froh, daß sie im Ganzen in besserer Stimmung geschrieben war. Wenn alles so gut weitergeht, wie es jetzt aussieht, werden wir Dich bald wiederhaben! Einmal wird das Schicksal auch uns wieder gut sein. Wir wollen doch nichts weiter, als zusammen sein! Die Haupt-sache ist, daß wir gesund bleiben. Ich habe es in diesen Tagen so sehr empfunden, daß alle anderen Sorgen ver-blassen, wenn man um das Leben eines Angehörigen ban-gen muß. Ilse Lüdecke ist ganz verzweifelt; ihr Mann, Du kennst den Richard ja auch, hat nach seiner glücklichen Heimkehr vor lauter Überanstrengung im Beruf einen Schlaganfall bekommen. Es geht jetzt wohl besser, aber die Lebensgefahr ist noch nicht vorbei. Da waren für mich oft Momente, in denen ich dankbar war, weil ich wußte, Du bist gesund, wenn ich Dich auch noch nicht hier habe.

Übrigens wirst Du alt, Du hast meinen Geburtstag vergessen. Die Kinder freuen sich schon wieder sehr auf die Ferien. Onkel Jakob war Pfingsten hier und hatte schon alle möglichen Touren im Kopf, die er im Hunsrück mit uns machen will. Für mich ist es weniger Erholung in Eckweiler, denn ich muß sieben Mägen satt bekommen. Aber den beiden alten Männern, (Jakob und Willi) und den Kindern kann man diese Freude nicht nehmen. Nur werden wir dieses Mal mit dem Zuge fahren und schmerzlich an unseren Opa denken, der uns so oft und so gerne hingefahren hat. Von Frau Hacker aus München soll ich bestellen, daß sie in enger Verbundenheit mit Mutter und mir stehe, und sie möchte sofort ein Telegramm, wenn Du kommst. Zu Deinem Geburtstag wünsche ich Dir schon einmal alles, was Du Dir wünschst! Herzlichst Deine Hedwig.

Moskau, 5110/52, 25.06.55,

Meine liebe Hedwig!

Eben habe ich wieder ein Paket von Dir erhalten vom 08.06., mit den Bildern von Jürgen und Heidi. Die beiden sehen ja gut aus. Aber ich fürchte, daß ich Jürgen, wenn er so dicke Backen behält, bei Klimmzügen noch schlagen werde. Heidi kann doch auch sehr gut turnen? Könnt Ihr denn schon alle schwimmen?

Mutters Paket mit den Bildern habe ich am 13. erhalten. Was für ein Wagen ist denn da drauf, ein kleiner LKW? Das andere Bild ist wohl auf dem Friedhof aufgenommen? Von Hans-Hermann (Hansi) erhielt ich dieser Tage auch ein Paket, hat er denn sonst noch nichts zu melden? Seine Mutter will doch auch einmal Oma werden. Versucht doch einmal, ob Ihr über einen Verlag Bücher schicken könnt. Etwa ein Buch über Holzverarbeitung, ein Lehrbuch für Physik u.ä. Bitte schickt mir auch eine elastische Binde für den Fuß und Bilder von Soest. Herzliche Grüße Euch allen, Dein Willy.

Soest, den 15.07.55

Mein lieber Sohn!

Heute, an Deinem Geburtstag bin ich in Gedanken ganz bei Dir. Die letzten Tage brachte die Zeitung Berichte von neuen Transporten, aber jetzt ist alles wieder still. Ich würde Dir gern mal einen langen Brief schreiben, aber wir bekommen ja nur diese Rote-Kreuz-Karten. Das Paket mit den Sandalen schicke ich sofort ab. Am 19.06. war unser 75-jähriges Jubiläum im Betrieb, davon bekommst Du bald Bilder. Opa war nicht mit auf dem Bild von der Beerdigung. Es waren hauptsächlich Vettern und Cousinen von Vater und mir.

Wir werden nicht bauen, wir haben ein Haus am Schonekindtor 15 gekauft. Sobald es frei ist, ziehe ich mit Petersens dort ein, Leni dann hier in die Rosenstraße. Wenn Du nur erst kommst! Es geht uns gut, im Betrieb läuft es gut weiter. Meine Enkel sind nicht so begabt wie meine Kinder, sie schaffen es aber. In Mathematik fehlt mir der Willy, sagt Leni oft. Gisela und Gerhard sind augenblicklich in der Tanzstunde. Hellmut ist ein guter Musiker am Klavier, Jürgen und Heinz große Turner. Lotte fährt gerade mit dem Wagen vor.

Wir trinken heute Abend für Deinen Tag Erdbeerbowle. Bleib gesund und munter, wir grüßen Dich alle herzlich, Deine Mutter.

Soest 1955

Moskau, 5110/52, 26.07.55

Meine liebe Hedwig!

Eben habe ich Mutters Paket vom 29.06. erhalten mit den Sandalen; sie passen gut, herzlichen Dank. Besonderen Dank für die schönen Bilder von Soest. Darauf hatte ich lange gewartet. Ihr könnt ruhig noch mehr schicken. Ist das Bild von Mutter und Liesel auf der Völlinghauser Brücke? Deine Frisur, Gisela, na, ich werde mich wohl daran gewöhnen müssen. Du mußt mich aber nicht mit »Hallo, Papa« anreden, das mag ich nicht so gern. Schreibt mir doch einmal, wie groß Ihr jetzt seid. Ich glaube, Ihr wachst mir über den Kopf. Schreibt mir auch, in welcher Klasse Ihr jetzt seid und wieviel Klassen Eure Schulen haben.

Ja, meine liebe Gute, daß ich vergessen habe, Dir zum Geburtstag zu schreiben, ist wirklich ein starkes Stück! Ich habe aber den 18.05. in der üblichen Form begangen und mich des ersten 18.05. erinnert, den wir zusammen gefeiert haben. Stell Dir vor, Heinz, am 15.07. kam eine Schwalbe auf der Flucht vor einem Turmfalken zu uns hereingeflogen. Wir haben sie, nachdem die Luft wieder rein war, fliegen lassen. Schicke mir immer Zahnpasta mit und genügend zu rauchen. Herzliche Grüße Euch allen, Dein Willy.

Moskau, 5110/52, 26.08.55

Meine liebe Hedwig!

Am 03.08. kam Mutters Karte vom 15.07. Wo ist das Schonekindtor? Wohl an der Aldegreverstraße zur Frauenhilfe hin? Jedenfalls ist es wohl näher zur Werkstatt. Im Laufe des Monats kamen die Pakete aus München,

Hamburg und Essen und Hedwigs mit den Bildern vom Haus und den Ansichtskarten. Herzlichen Dank. An das 75-jährige Jubiläum hatte ich gar nicht gedacht. Daß Ihr das nun ohne Vater feiern mußtet! Ich freue mich auf das versprochene Bild. Ob ich wohl die alten Mitarbeiter noch rausfinde? Über die neue Firma habe ich mir meine Gedanken gemacht, ich denke, das ist gut so. Giselas Zeichnung hat mir viel Spaß gemacht. Das ist nun die zweite, die ich von ihr habe. Ich meine, so ähnlich habe ich auch gezeichnet. Ohne künstlerische Begabung, aber richtig und sauber. Wenn auch keine Gemälde daraus werden, so hat man doch Freude daran. Ich hoffe, in den nächsten Tagen wieder Post zu bekommen. dann werde ich wohl etwas länger warten müssen. Nun, das Warten habe ich ja gründlich gelernt. Ich denke, Ihr seid jetzt in Eckweiler. Bestellt auch Onkel Willi einen schönen Gruß. Ich bin gesund, aber ich brauche bald eine Brille. Das Licht ist hier schlecht. Herzliche Grüße allen Lieben, Dein Willy.

Eckweiler, den 31.08.55

Mein lieber Willy!

Jeden Tag warten wir! Nun heißt es, im Oktober und November kommt Ihr alle nach Hause. Ich glaube fest daran. Wir sind noch acht Tage hier in Eckweiler, dann ist auch die Zeit wieder herum. Wir haben schöne Tage verlebt und sehnen uns noch gar nicht nach Hause. Onkel Willi ist weiterhin ganz der Alte und Heinz ist immer noch sein bestes Stück. Wegen Gisela brauchst Du Dir keine Sorgen zu machen, die Frisur steht ihr wirklich gut, und vorläufig streitet sie sich noch mit den Jungens um die Hundeleine und klettert in der Scheune rum. Heinz und Jürgen wachsen Dir leider auch noch nicht über den Kopf. Du wirst uns schon noch alle erkennen. Ich hole Dich in Friedland ab, ruf mich unter der Nummer 3218 an, ich möchte gern als Erste mit Dir sprechen. Hoffen wir bald! In aller Zuversicht, auf ein baldiges Wiedersehen, Deine Hedwig.

Danach kam keine Post mehr aus Russland. Jeden Abend saßen wir vor dem Radio und warteten auf die Durchsagen der Heimkehrerlisten.

Hamburg, 02.10.55

Meine liebe Hedwig!

Ich denke, Ihr seid nun auch längst aus Eckweiler wieder nach Soest zurückgekehrt. Hoffentlich habt Ihr erholsame Wochen erlebt.

Ich bin auch erst kürzlich aus dem Urlaub und von verschiedenen geschäftlichen Reisen zurück. Mit Dir und all den vielen anderen Menschen hoffe ich nun sehr, daß die Russen ihr Versprechen halten und endlich alle Kriegsgefangenen heimschicken. Ich werde, sobald die ersten Transporte eintreffen, eifrig am Radio sitzen und auf den Namen Rohlfing warten. Ihr schreibt mir aber trotzdem hoffentlich ganz bald, wenn Willy bei Euch ist. Vielleicht kann Gisela dies tun. Er soll sich dann bald bei unserer Firma melden, ganz egal, wie er sich entscheiden will. Der Posten in der Hollerit-Abteilung ist jedenfalls noch nicht neu besetzt worden. Ein anderer Mathematiker wartet zunächst ab. Ich habe ein wenig mit vorgearbeitet, sodaß also die Möglichkeit für Willy gegeben wäre. Aber entscheiden muß er das natürlich alles selbst. Ich komme

Euch dann auch, wenn es Euch recht ist, bald besuchen. Aber erst muß er sich natürlich wieder in der Heimat einleben.

Für heute Dir und den Deinen herzliche Grüße, Deine Ilse Turley.

Am 15. Oktober hatten Gisela und unser Vetter Gerhard Schlussball in der Tanzschule. Da unsere Mutter nicht mitgehen wollte; ihr war nicht nach feiern zu Mute; begleiteten Lotte und Ludvig Gisela auf den Ball. Ich war etwas neidisch, meine große Schwester trug ein rosa Tüllkleid mit Puffärmeln. Ich fand es wunderschön.

An diesem Abend gab es weiter keine neuen Heimkehrnamenslisten, und so gingen wir, die beiden Jungens, Mama und ich zu Bett. Ich schlief schon seit längerer Zeit bei meiner Mutter im großen Ehebett. Es muss wohl kurz vor Mitternacht gewesen sein, als ich aus tiefem Schlaf erwachte.

Wir wurden von Oma geweckt, die vollkommen aufgelöst vor uns stand und rief: »Willy ist am Telefon, nun steht doch endlich auf!« Ich weiß nicht, wie schnell meine Mutter realisierte, dass nun, nach so langer, quälender Zeit, endlich der so lang ersehnte Traum wahr geworden war! Ihr Mann, unser Papa, rief aus Friedland an, er war in seiner Heimat angekommen. In dieser Nacht schlief niemand mehr in der Rosenstraße. Meine Oma war in ihrem langen, weißen Nachthemd auf die Straße gelaufen, hatte bei allen Nachbarn geklingelt und die Nachricht hatte sich trotz der späten Stunde wie ein Lauffeuer verbreitet: »Willy Rohlfing ist heimgekehrt.«

Friedland

Ausschnitt aus einem Rundbrief des Ev. Hilfswerks, vom 09.11.55

Liebe heimgekehrte Kameraden!

Auch an dieser Stelle rufen wir Ihnen ein herzliches Willkommen zu und verbinden damit nochmals unsere besten Wünsche für die Zukunft!

Über die Hälfte der von uns Betreuten sind damit endlich wieder frei. Alle Kameraden, die wir nach ihrer Meinung zum Schicksal der noch nicht Heimgekehrten gefragt haben, sind der Ansicht, daß alle zurückkommen werden. Möge diese Meinung recht bald in Erfüllung gehen!

Hier noch einmal ein kurzer Bericht zu den Erlebnissen der Heimkehrer ab September 1955:

Seit die Kameraden wußten, daß Konrad Adenauer nach Moskau kommen würde, waren ihre Nerven auf äußerste gespannt, denn von diesem Besuch erhofften sie sich endlich die Freiheit. Wochenlang konzentrierten sich alle Gedanken und Gespräche auf die Moskau-Einladung. Als sie dann am 09. September im Radio die Ansprache des Kanzlers aus Moskau hörten, in der er um die Freilassung der Kriegsgefangenen bat, da herrschte in den Lagern eine frohe Zuversicht. Wie ein Keulenschlag wirkte aber am nächsten Tag die Entgegnungsrede Bulganins, in der dieser in satanischer Härte alle deutschen Kriegsgefangenen u.a. als »Menschen ohne Gesicht« bezeichnete. Diese Rede zerstörte fast alle Hoffnungen und viele glaubten, daß nun ihr weiteres Schicksal hinter Stacheldraht besiegelt sei. Doch entgegen ihrer Erwartung reiste die deutsche Delegation nach dieser Rede nicht ab, und als sie erfuhren, daß Adenauer zusammen mit Bulganin die Oper besucht, und sie sich gegenseitig freundliche Worte gesagt hatten, stieg die Hoffnung wieder etwas an. Doch vergeblich warteten sie auf eine Abschlußerklärung über die Verhandlungen. Dagegen wurde ihnen ein Brief Piecks bekannt, und aus den Verhandlungen Grotewohls mit den Russen konnten sie hoffen, daß ihre Entlassung nun wohl doch bevorstehen mußte.

Die Arbeitslust und damit die Arbeitsleistungen, die schon in den vergangenen Wochen stark nachgelassen hatten, sanken nach den Moskauer Tagen immer mehr ab. Die Bewachung wurde weniger scharf, und die Russen gingen allen Reibereien möglichst aus dem Wege. Es erfolgten zwar noch Bestrafungen mit Karzer, aber nur noch unter dem Tenor »wegen Verstoßes gegen die Lagerdisziplin«.

So verging in spannungsgeladener Unsicherheit die Woche bis zum 26./27. September. An diesem Tage erfuhren die Gefangenen endlich in einigen Lagern offiziell, daß sie amnestiert und damit »freie Bürger« seien.

In den anderen Lagern, in denen dies nicht erklärt wurde, merkten aber alle, daß die Heimfahrt bevorstand. Denn die Russen begannen, die Kriegsgefangenen zwischen den verschiedenen Lagern zu verlegen und sie so durcheinanderzuwirbeln, daß bald keiner den anderen mehr kannte. Warum die Russen diese »vollkommene Vermischung« durchführten, war den Heimkehrern nicht ganz klar. Viele meinten, daß dies geschehen sei, um die »Russenfreunde« bei der Heimfahrt zu schützen und sie so unbemerkt nach Westdeutschland einzuschleusen.

Nach diesen Verlegungen wurde in fast allen Lagern die Arbeit völlig eingestellt. Nur noch vereinzelt gingen wenige Kriegsgefangene gegen sofortige Bezahlung zur Arbeit. In den nun folgenden Tagen waren die Ereignisse in den verschiedenen Lagern fast völlig gleich und verdienen besondere Beachtung:

die Posten trugen keine Waffen mehr. Die »Amnestierten« konnten sich frei bewegen und die benachbarte Ortschaft besuchen. Das Bewachungspersonal war plötzlich meist recht freundlich, und die Bevölkerung, mit der offen gesprochen werden durfte, nahm freundlichen Anteil an dem Geschehen. In den Lagern wurden zusätzliche Kantinen eingerichtet, in denen eifrig Tee, Zigaretten, Wodka, Fette usw. eingekauft wurden. In den Lagerclubs gab es Vorführungen russischer Bühnen und überall sollte ein großes Bankett die Leidenszeit hinter dem Stacheldraht beschließen. Die Tische waren weiß gedeckt und russische Frauen trugen Sekt, Kaviar, Wodka und Essen auf. (Je Teilnehmer kostete dies 30 Rubel). Es wurden Reden auf die Freundschaft gehalten, und als der Wodka zu wirken begann, auch Verbrüderung gefeiert. Viele Kameraden lehnten einen solchen Abschluss einer 10-jährigen Erniedrigung ab und blieben der »Feier« fern.

Nach Abschluß der Registrierung und Einkleidung für den Transport marschierten die Kameraden zum Bahnhof. Dort konzertierte eine russische Kapelle. Sowjetische Offiziere versuchten mit den Heimkehrern ins Gespräch zu kommen. Als der Zug sich endlich in Bewegung setzte, standen sie am Bahnsteig und hoben zum Abschiedsgruß die Hand an die Mütze!

Sie grüßten die »Menschen ohne Gesicht!«

In den nicht versperrten Güterwagen hatte jeder einen Liegeplatz. Täglich gab es zweimal warmes Essen. Auf den Haltebahnhöfen in der SU und in Polen durften die Heimkehrer aussteigen und sich frei bewegen. Nirgends gab es feindselige Zivilisten. Viele Kameraden verkauften ihre russische Bekleidung oder verschenkten die sehr begehrten Blechdosen. In Moskau, (3 Stunden Aufenthalt), besuchten einige den Roten Platz. Wer die Abfahrt des Zuges versäumte, wurde mit dem nächsten transportiert. Das unbewaffnete Zugpersonal war korrekt.

Während den Heimkehrern auf der langen Fahrt von Swerdlowsk bis Frankfurt/Oder nur freundliche Menschen begegneten, erlebten sie hier eisige Ablehnung. Vopos hatten den Bahnhof abgesperrt und ließen keine Gespräche mit Zivilisten zu. Nur da und dort sah man ein heimliches Winken. Je näher es dem Westen zuging, umso offener wurden die Gesichter und das Winken, bis endlich bei Herleshausen die Grenze erreicht war.

Was diese Stunde für die Befreiten bedeutete und wie sie in der Heimat empfangen wurden, braucht hier nicht weiter beschrieben zu werden.....

Einen herzlichen Empfang bereitete dem heimgekehrten Wilhelm Rohlfing die Soester Bevölkerung. Unser Bild zeigt Pastor Freytag bei seinem Willkommensgruß. Rechts neben ihm der Heimkehrer im Kreise seiner Angehörigen.

Stadt-Anz.

Ausschnitt aus einem Bericht des Soester Stadtanzeiger vom 17.10.55:

»Überströmend herzlicher Empfang.

Wilhelm Rohlfing ist wieder daheim!

Würdige Feierstunde am Rathaus – Keinen haben wir so sehnlich erwartet! –

Nach über zehnjähriger sowjetrussischer Kriegsgefangenschaft kehrte Wilhelm Rohlfing am Samstag abend heim. Schon bei Bekanntwerden seiner Ankunft in Friedland, die sich in Windeseile noch in den Nachtstunden des Freitags durch die Stadt verbreitete, herrschte nicht nur in der vom Schicksal schwer geprüften Familie Rohlfing, sondern in seinem großen Bekanntenkreis und darüber hinaus in der ganzen Stadt große Freude. Sie fand ihren Ausdruck in dem stürmischen Empfang, den am

156

Samstag abend eine vielhundertköpfige Menschenmenge vor dem Rathausbogen ihrem Soester Heimkehrer bereitete. Selbst der Himmel hatte ein Einsehen und ließ Regen und Sturm für die Dauer dieses freudigen Ereignisses pausieren.

Schon lange Zeit vor der erwarteten Ankunft, die für 19 Uhr gemeldet war, hatte sich eine erwartungsvolle Menge vor dem Rathaus eingefunden. Immer dichter füllte sich die von Polizeibeamten abgesperrte Rathausstraße, als dann plötzlich die Glocken von St. Petri zu dröhnen begannen, und die Lichterkette vor dem Rathaus aufflammte, bemächtigte sich der Menschen eine aus Erwartung, Neugier und Dankbarkeit gemischte Unruhe, die sich spontan Luft machte, als die beiden Personenwagen, die Willy Rohlfing mit seiner Frau, seinen vier Kindern, seiner Schwester und anderen Angehörigen, die ihn abgeholt hatten oder ihm entgegengefahren waren, in die Rathausstraße einbogen. Kaum konnten sie sich einen Weg durch die rufende, winkende und klatschende Menge bahnen.«

Nach den Reden und Glückwünschen der offiziellen Redner, wie Bürgermeister, Landrat, Pastor, Vorsitzende des Roten Kreuzes und Heimkehrerverbandes, erwiderte mein Vater in ein paar kurzen Sätzen, wie grenzenlos seine Freude, wieder in der Heimat zu sein, sei, auch wenn er es noch nicht fassen könne.

»Durch ein dichtes Spalier klatschender und begeisterter Menschen wurde Wilhelm Rohlfing dann über den Marktplatz zur Rosenstraße geleitet, die sich festlich geschmückt hatte. Hinter allen Fenstern brannten Kerzen und eine Girlande spannte sich über die Straße. Dann war er wieder daheim, und die ganze Stadt freute sich mit ihm und seinen Angehörigen.«